한 권으로 끝내는
중국고전 여행록

| 중국편 |

Classic Collection

한 권으로 끝내는
중국고전 **연행록**

도서출판
청어람

한 권으로 끝내는 중국 고전 언행록

초판 1쇄 찍은 날 § 2004년 6월 7일
초판 1쇄 펴낸 날 § 2004년 6월 17일

지은이 § 미야기타니 마사미쓰
옮긴이 § 연주미
펴낸이 § 서경석

편집장 § 문혜영
편집 및 디자인 § 김희정 · 김민정
마케팅 § 정필 · 강양원 · 이선구 · 김규진 · 홍현경

펴낸곳 § 도서출판 청어람
등록번호 § 제1081-1-89호
등록일자 § 1999. 5. 31
어람번호 § 제3-0029호

주소 § 경기도 부천시 원미구 심곡1동 350-1 남성B/D 3F (우) 420-011
전화 § 032-656-4452 팩스 § 032-656-4453
http://www.chungeoram.com
E-mail § eoram99@chollian.net

ⓒ 미야기타니 마사미쓰 , 2004

ISBN 89-5831-125-8 03820

군주는 현명하지 않아도 현인에게 명령을 하고,

무지해도 지식인의 기둥이 될 수 있다.

신하는 일의 수고를 더하고,

군주는 일의 성공을 칭찬하면 된다.

그 일만으로도 군주는

지혜롭다는 평가를 받을 수 있다.

CONTENTS ● ●

지혜로운 사람은 술을 마셔도 흐트러지지 않는다.
人之齊聖 飮酒溫克 『시경(詩經)』

사람들은 조용히 일을 처리하는 사람의 공은 모르고, 드러내
놓고 일을 처리하는 사람의 공만 안다.
治於神者 衆人不知其功 爭於明者 衆人知之 『묵자(墨子)』

돈을 취할 때는 사람을 보지 못한다.
取金之時 不見人 『열자(列子)』

한 가지 이로운 일을 시작함은 한 가지 해로운 일을 제거함만
못하다.
興一利不如除一害 『원사(元史)』

스승을 귀히 여기지 않고 그 도움을 아끼지 않는다면 지혜롭
다 하더라도 크게 미혹될 것이다.
不貴其師 不愛其資 雖智大迷 『노자(老子)』

신은 땅보다 무겁고, 예는 몸보다 높다.
信重於地 禮尊於身 『春秋繁露(춘추번로)』

인간만사 새옹지마.
人間萬事塞翁之馬 『회남자(淮南子)』

CONTENTS ●●

먼 곳을 돌아보지 말고, 가까이 대신할 수 있는 곳을 찾아라.
所監不遠視邇所代 『대대례(大戴禮)』

옛일에 얽매이지 않고 나부터 표본이 될 만한 예를 만들어
낸다.
自我作古 『송사(宋史)』

검소함에서 사치스럽게 되기는 쉽고, 사치스러운 것에서 검
소해지기는 어렵다.
由儉入奢易 由奢入儉難 『소학(小學)』

군자는 옛 성현의 말과 행동을 많이 알아 덕을 쌓는다.
君子以多識前言往行 以畜其德 『역경(易經)』

계획은 은밀히 진행해야 성공하고, 모의는 누설되면 실패한다.
事以密成 語以泄敗 『한비자(韓非子)』

진짜 용을 좋아했던 것이 아니라 용과 비슷하나 실제로는 용
이 아닌 것을 좋아했던 것이다.
是葉公非好龍也 好夫似龍而非龍者也 『신서(新序)』

뜻은 가득 채우지 말고, 즐거움은 지나치게 얻지 말라.
志不可滿 樂不可極 『예기(禮記)』

멀리서 명마를 찾느라고 가까운 마을에 있는 줄을 모른다.
遠求駬驥 不知近在東隣 『진서(晉書)』

조화는 실로 만물을 생성하고, 동화는 지속되지 못한다.
和實生物 同則不繼 『국어(國語)』

다른 사람에게 피해를 당해도 나는 피해를 주지 않는다.
寧人負我 無我負人 『삼사충고(三事忠告)』

우산을 기울여 말하다.
傾蓋而語 『공자가어(孔子家語)』

CONTENTS

먼저 외부터 시작하라.
先從隗始 『전국책(戰國策)』

세상 사람보다 먼저 근심하고 세상 사람보다 나중에 즐거워
한다.
先天下之憂而憂 後天下之樂而樂 『문장궤범(文章軌範)』

다른 사람이 꺼리는 사람은 모두 안이 넉넉하지 못한 탓이다.
避嫌者 皆內不足也 『근사록(近思錄)』

배를 좋아하는 사람은 물에 빠지고, 말을 좋아하는 사람은 말
에서 떨어진다.
好船者溺 好騎者墮 『월절서(越絶書)』

확신없이 사업을 시행하면 완성하지 못하고, 일을 의심하면
성공하지 못한다.
疑行無成 疑事無功 『상자(商子)』

난에 임해서 갑자기 병사를 훈련시킨다.
臨難而遽鑄兵 『안자춘추(晏子春秋)』

지키기가 어렵다.
守文則難 『정관정요(貞觀政要)』

때가 가장 중요하고, 계획은 그 다음이다.

大者時也 小者計也 『관자(管子)』

이긴다는 확실한 예상이 서지 않는 한 전쟁을 말하지 마라.

戰不必勝 不可以言戰 『위료자(尉繚子)』

전쟁에서 이기기는 쉽고, 승리를 지키기는 어렵다.

戰勝易 守勝難 『오자(吳子)』

배우고 때때로 익히면 또한 기쁘지 아니한가.
뜻을 같이하는 자가 먼 곳으로부터 찾아오니
또한 즐겁지 아니한가.
사람들이 알아주지 않아도 부끄럽지 않으니
또한 군자가 아니겠는가.

1

자기 계발,
자신의 발전을 위한 고전

소성은 천성과 같고, 습관은 자연과 같다.
小成若天性 習慣如自然 『신서(新書)』

푸른색은 쪽풀에서 취했지만 쪽빛보다 더 푸르다.
青取之於藍而青於藍 『순자(荀子)』

일정한 생활 근거가 없으면 꾸준한 마음이 사라진다.
無恒産 因無恒心 『맹자(孟子)』

배우고 때때로 익히면 또한 기쁘지 아니한가.
學而時習之 不亦說乎 『논어(論語)』

큰일을 할 때는 반드시 사람을 근본으로 한다.
濟大事必 以人爲本 『삼국지(三國志)』

참는 것과 화를 내는 것은 재앙과 행운의 구별점이다.
忍激二字 是禍福關 『신음어(呻吟語)』

돌로 양치질하고 흐르는 물을 베개 삼는다.
漱石枕流 『세설신어(世說新語)』

책을 읽으면 만 배의 이익이 있다.
讀書萬倍利 『고문진보(古文眞宝)』

소성은 천성과 같고,
습관은 자연과 같다

小成若天性 習慣如自然

『신서(新書)』

'소성(小成)'의 '소(小)'는 물론 적다는 의미로 여기서는 나이
가 적다, 즉 어리다는 뜻으로 '성(成)'은 완성하다는 뜻으로 두
자를 합쳐 '소성'이라 하면 어렸을 때 형성된 인격을 의미한다.

'천성(天性)'은 하늘이 내려준 성격을 말하는데 이와 마찬가
지로 '천재'라는 단어도 하늘이 내려준 재능을 말한다.

'습(習)'과 '관(慣)'은 배우고 익힌다는 의미이나 두 자를 합
쳐 '관습'이라 하면 의미가 약간 달라져 사회의 관습이라는 뜻
이 된다.

원래 한자는 한 글자 한 글자에 독립된 뜻이 있는데 주(周) 왕조 때부터 두 자를 합쳐 다른 의미로 사용하기 시작했다. 예를 들어 '의회(議會)'와 '회의(會議)'는 예전에는 거의 같은 의미였지만 지금은 다른 뜻으로 쓰이므로 정확히 구분해서 사용해야 한다.

구절의 마지막에 있는 '자연(自然)'은 인공이 첨가되지 않았다는 뜻으로 '원래'의 의미로 쓰인다.

"소성은 천성과 같고, 습관은 자연과 같다."

小成若天性 習慣如自然

이는 가의(賈誼)의 『신서(新書)』에 나오는 공자의 말이다.

『대대례(大戴禮)』라는 고전에는 같은 공자의 말이지만 약간 다른 구절이 보인다.

"소성은 천성과 같은데 이것을 항상 갈고닦아야 한다."

이 구절 역시 어구가 조금 다를 뿐 같은 내용을 담고 있다.

처음 만났는데도 아주 좋은 인상을 주는 사람이 있다. 그 사람에 대해 알아보니 대단한 집에서 태어나지도, 혈통이 뛰어나지도 않았다. 그런데도 그 사람은 장래를 같이 하고 싶을 정도로 사람을 끄는 힘이 있다. 다른 사람에게 좋은 인상을 주는 이유는 두 가지다.

첫째, 어렸을 때 뛰어난 교육을 받았다.
둘째, 성인이 되는 과정에서 자기 수양에 힘썼다.

성인이 되어도 자기 계발이나 공부를 게을리하지 않고 항상 좋은 것을 익히면 저절로 인격이 높아진다.

일본의 무로마치(室町) 막부의 관리였던 시바 요시마사(斯波義將)도 이와 비슷한 생각을 했다. 그의 사상이 집대성된 『지쿠바쇼(竹馬抄)』에는 다음과 같은 말이 나온다.

"젊을 때 마음가짐이나 소양을 몸에 익히지 못하면 안목과 인격이 뛰어난 사람에게 단번에 무시당하고 만다. 인격이 부족한 사람이 나이 드는 모습은 마치 여우나 살쾡이가 나이를 먹는 것과 다를 바 없다. 최소한 여우나 살쾡이처럼 나이 드는 일은 없어야 한다."

이런 말을 듣지 않으려면 남자든 여자든 나이를 제대로 먹어야 한다. 여기에서 『신어(新語)』에 나오는 소성(小成)에 대한 이야기를 소개해 본다.

중국 고대 왕조는 하(夏) 왕조에서 기원하는데 지금은 전설로만 전해지고 있다. 하 왕조 다음은 상(商) 왕조이고, 그 다음은 주(周) 왕조인데 상과 주 왕조는 역사적으로 실재했다.

'상(商)'이라는 이름에 별로 익숙하지 않은 사람이 있을지 몰라서 덧붙이자면 '상(商)'은 교과서나 세계사에 나오는 은(殷) 왕조를 말한다. 상을 멸망시킨 주 나라 사람이 '상(商)'을 '은(殷)'이라 불렀기 때문에 후세에는 '은(殷)'으로 전해졌으나 중국 역사책은 모두 '상(商)'으로 표기하고 있다.

상과 주 왕조는 오랜 기간 지속되었고 그 뒤를 진(秦) 왕조가 이었는데 진 왕조는 이 대째에 멸망했다.

'진이 빨리 멸망한 이유는 무엇일까? 혈통이 달라서일까?'

'진이 왜 그렇게 난폭하게 정치를 했는지 궁금하군.'

진 뒤에 왕조를 세운 한(漢) 나라 사람들은 타인의 실패를 거울 삼아 자신의 성공을 더 확고히 하려는 마음에서 이 문제를 진지하게 고민했다.

요즘 기업에서 신제품을 개발할 때도 이와 같은 일을 볼 수 있다. 다른 회사에서 실패한 제품을 철저히 분석해 원인을 규명하고, 그 결과를 자사 상품 개발에 참조한다. 그런 과정을 통해 타사의 제품과는 확연히 다른, 안전하고 확실한 물건을 만들 수 있는 것이다.

한 나라 사람들은 고민 끝에 '제왕 주변에 뛰어난 인물이 없었기 때문에 진 나라가 빨리 멸망했다' 는 생각에 이르렀다. 특히 진은 이 대 제왕이 될 왕자를 소홀히 교육한 결과 빨리 멸망했고, 이와 반대로 주는 왕자의 교육을 이상적으로 실시해서 왕조가 오래 지속되었다고 결론을 내렸다. 그렇다면 주 나라는 왕자를 어떻게 교육했을까?

초대 왕인 무왕(武王)이 병으로 죽자 그의 아들인 성왕(成王)이 이 대 왕에 올랐다. 그러나 성왕은 기저귀를 찬 아기여서 실제 정치는 무왕의 부인이 맡아서 했다.

성왕이 성장하는 동안 그의 곁에는 명신 세 사람이 있었다. 이들을 삼공(三公)이라 부르는데 소공(召公, 본명은 석(奭)이다), 주공(周公, 본명은 단(旦)이다), 태공(太公, 본명은 망(望)이다)이 바로 그들이다.

소공은 왕자를 지켰고, 주공은 정치를 도왔으며, 태공은 도덕을 가르치며 성왕의 교육을 담당했다. 그들 밑에서는 뛰어난 신하들이 보좌했고 삼공은 성왕 주위에 천하에서 가장 박학다식하고 효자인 자를 불러들여 행동을 같이 하게 했다.

이렇게 성왕의 주위에는 성인과 군자만 있어 그는 항상 바른 행동만 보고, 바른 말만 들으며 자랐다. 이런 환경 덕분에 천성과는 상관없이 성왕은 성장하는 동안 인격이 높아졌다.

『논어(論語)』에 다음과 같은 말이 있다.

"진실로 인(仁)에 뜻을 두면 악함이 없다."
苟志於仁矣 無惡也

이는 완전한 인격을 목표로 하면 모든 악은 소멸한다는 뜻이다.

한 나라 사람들은 공자가 이상으로 삼은 주 왕조 초반의 정치를 바람직하게 여겼다.

한 사람이 훌륭하게 성장하는 것은 어려운 일이다. 특히 수많은 사람을 다스리는 사람은 자기 수양도 하면서 아랫사람이나 자기 자식까지 신경 써야 하므로 더욱 어렵다.

푸른색은 쪽풀에서 취했지만
쪽빛보다 더 푸르다

靑取之於藍而靑於藍
『순자(荀子)』

   '청(靑)'은 나무의 초록에 가까운 색을 말한다. 실제로 신호등에서 지금까지 청이라 알아온 색을 관심있게 보면 녹색임을 알 수 있다.

   '남(藍)'은 염료가 되는 풀이며 그 자체를 가리키기도 한다. 또 '단(丹)'은 청과 대비되는 색으로 보통 흙의 붉은색이라고 생각하면 된다.

   한 나라 양웅(揚雄)의 『법언(法言)』에는 다음과 같은 말이 있다.

"성인의 말은 찬란하여 마치 단청(丹靑)과 같다."

단청은 명백해 의심할 여지가 없는 것을 의미하고, '병(炳)' 또한 밝다는 뜻이다.

"푸른색은 쪽풀에서 취했지만 쪽빛보다 더 푸르다."
靑取之於藍而靑於藍

이 말은 푸른색은 쪽풀에서 취했지만 쪽빛보다 푸르듯이 제자가 스승보다 뛰어나다는 뜻이다. 이를 줄여 '청출어람(靑出於藍)'이라고 하며 예부터 사람들 입에 오르내렸다. 이 문장은 『순자(筍子)』의 「권학편(勸學篇)」 첫머리에 나오기 때문에 더욱 친숙할지도 모르겠다. 『순자』를 펼치면 이 구절이 가장 먼저 눈에 들어온다.
그렇다면 다음에는 어떤 구절이 나올까?

"얼음은 물에서 나오지만 물보다 차갑다."
氷水爲之而寒於水

『순자』에 따르면 인간은 근본적으로 악하므로 그러한 성질에서 벗어나려면 학문과 견문을 닦고 올바른 사람과 사귀어야 한다. 이것은 '자신의 환경을 정비하라'는 말로 시대의 흐름에 맞춰 자신을 변화시키라는 뜻이다.

그런 의미에서 보면 '청출어람'의 뜻이 조금 달라진다. 앞서 든 예처럼 청(靑)은 제자를, 남(藍)은 스승을 뜻하는 것이 아니라 청(靑), 남(藍) 모두 자신을 의미한다고 할 수 있다. 즉, 청(靑)은 새로운 자신이고, 남(藍)은 과거의 자신, 그리고 청(靑)은 세련된 자신이고, 남(藍)은 소박한 자신이라고 할 수 있다. 『순자』는 남(藍)에서 청(靑)으로 자신을 개혁해 시대의 조류에 맞춰 갈 것을 강조하고 있다.

이 구절의 마지막에는 다음과 같이 결론을 맺고 있다.

"행복이란 재앙이 없는 생활의 계속이다."
福莫長於無禍

이 구절을 좀 더 깊이 생각해 보면 '청출어람'이라는 비유는 긍정적이라기보다 조금 가혹한 측면이 있는 듯하다.

『순자』의 생각을 정리해 보면 자신을 변화시키는 것에는 세 가지 방법이 있다.

첫째, 학문(이는 '지식'을 말한다).
둘째, 견문(이는 '체험'을 말한다).
셋째, 올바른 사람과의 친교(이는 '교제'를 말한다).

먼저 학문에 관해 말해 보면 사람은 나이가 들면서 책에 대한 기호가 달라지는데 필자도 20대에는 서구의 책들만 가까이 했으나 30대에 『맹자』를 읽은 것을 계기로 생각과 생활이 바뀌었다. 그 후에도 중국 고전이나 역사를 계속 공부한 결과 마침내 이치가 보이기 시작했다.

다음으로 견문의 중요성은 예부터 잘 알려져 있어 『한서(漢書)』에는 '백문이불여일견(百聞而不如一見)'이라 했다.

사람이란 타인은 볼 수 있어도 자신은 보지 못하는 존재다. 타인을 통해 자신을 볼 수밖에 없으므로 타인과 교제를 해야 한다. 그러나 자신을 비추는 거울이어야 할 타인이 왜곡되어 있거나 오염되어 있으면 자신의 정확한 상을 볼 수 없다. 그러므로 순자는 '올바른 사람과 사귀라'고 가르친다.

『공자가어(孔子家語)』에서 공자는 사람을 사귀는 요령에 대해 다음과 같은 가르침을 준다.

공자가 외출하려고 할 때 마침 비가 내리기 시작했는데 공교롭게도 수레에 걸칠 우산이 없었다. 그 모습을 보고 한 제자가 이렇게 제안했다.

"자하(子夏)의 수레에 우산이 있는데 그것을 빌리면 어떻겠습니까?"

그러자 공자는 다음과 같이 대답했다.

"자하는 물건을 아끼는 성격이니 그만두자. 예로부터 사람을 사귈 때는 그 사람의 장점은 살리고 단점은 덮어야 한다고 했느니라. 그 점만 지키면 어떤 사람이든 오랫동안 사귈 수 있을 게야."

이 이야기는 사람의 본성은 변하지 않는다는 점을 전제로 하고 있다. 만약 누군가가 자하를 아끼는 마음에서 한 충고라 하더라도 듣는 쪽은 썩 유쾌하지 않다. 설사 그 사람에 대한 애정으로 충고를 하더라도 듣는 사람은 지나친 간섭이라고 생각할 뿐이다. 자기의 본성에서 벗어날 수 있는 사람은 자기 자신뿐이다.

피터 드러커(Peter Drucker)의 책에 다음과 같은 문장이 있다.

자신의 일 외에 아무것도 모르는 사람은 회사에서 봐도 결코 뛰어난 사원이 아니다. 자신의 일 외에 다른 것에 관심을 두지 않고는 자신을 성장시킬 수 없다.

그의 경고는 다음과 같은 현실 인식과 미래 예측에서 비롯된다.

첫째, 현재 회사가 아무리 효율적으로 운영되고 있어도 다른 회사가 신기술 개발에 성공하면 눈 깜짝할 사이에 쇠망할 수도 있다. 신기술을 개발한 회사의 수뇌부는 성공적으로 미래에 투자한 것이다.

둘째, 기업은 정치적인 흐름을 좇으면 안 된다.

셋째, 지식에 대해 인식을 바꿔야 한다. 지금까지는 자본의 정의에 지식이 포함되지 않았지만 앞으로는 지식만이 진짜 자본이라고 할 수 있다.

이러한 인식을 바탕으로 드러커는 이렇게 단언한다.

"시장 개발과 혁신만이 성과를 낼 수 있다. 그 외의 기능은 모두 비용만 소비한 결과를 낳는다."

결국 위에서 말한 '청(靑)'과 '남(藍)' 또한 이러한 자기 혁신을 의미한다.

일정한 생활 근거가 없으면
꾸준한 마음이 사라진다

無恒産 因無恒心
『맹자(孟子)』

누구나 인생을 살아가다 보면 위기를 겪기 마련으로 공자에게
도 절체절명의 위기가 있었다. 이는 『논어(論語)』에서 나온 말
로 다음과 같은 이야기가 전해진다.

공자가 진(陳) 나라에 머물 때였는데 식량이 떨어져 그와 제자
들은 견딜 수 없을 지경이 되었다. 이때 공자의 제자 중 자로(子
路)는 군자임을 자부하는 스승과 그를 따르는 사람들을 이토록
곤경에 빠지게 한 상황에 매우 분개한 나머지 공자에게 '군자(君

子)도 곤궁한 때가 있습니까?' 하고 물었다. 그러자 공자가 대답하기를,

"군자는 본디 곤궁하다. 그러나 소인은 곤궁하면 그릇된 일을 범하느니라."

君子固窮 小人窮斯濫矣

군자는 늘 곤궁하기 마련이지만 소인과 다른 점은 곤궁할 때도 의연할 수 있다는 이야기다. 즉, 공자는 제자에게 힘든 일이 닥쳐도 당황하지 말라는 뜻을 전한 것이다.

제(齊) 나라 선왕(宣王)은 문학자나 사상가 만나기를 즐겨 해서 학문이 깊은 인물에게는 방을 내어주고 귀족처럼 극진하게 대우했다. 이런 일이 소문나자 식견이 뛰어난 인물이 제 나라 수도로 구름같이 몰려들었는데, 맹자(孟子)도 그중 한 사람이었다.

선왕이 맹자에게 물었다.

"하지 않는 것[不爲]과 불가능한 것[不能]은 구체적으로 어떻게 다른가?'

맹자는 다음과 같이 대답했다.

"태산(泰山)을 옆구리에 끼고 북해(北海)를 건널 수는 없습니다. 그것은 불가능한 일입니다. 그러나 눈앞에 있는 사람에게 허리를 굽히고 절을 못하겠다고 할 때 그것은 불가능한 것이 아니고 하지 않는 것입니다."

맹자는 그 뜻을 참으로 이해하기 쉽게 설명했다. 그는 '절대로 못한다'고 생각하는 일도 실은 할 수 있는 능력이 있는데 그저 하지 않은 것에 지나지 않은지 생각해 본 뒤 자신의 사소한 자존심을 버리고 다시 한 번 사람이나 사물을 대하라고 말한 것이다.

사람을 사랑할 때도 자신은 사랑하면서 타인을 사랑하지 않는 것은 사랑할 수 없는 것이 아니고 사랑하지 않는 것에 불과하다. 타인을 사랑하지 않는 사람의 주위에는 사람이 모여들지 않는다. 큰일을 하려면 먼저 자신을 사랑하듯이 타인을 진심으로 사랑해야 한다.

근본적인 마음가짐이 되어 있지 않은 상태에서 멀리 있는 것부터 취하려 한다면 마치 '나무에 기대서 물고기를 잡으려는 것'과 같다. 아무리 열심히 해도 나무에 올라 물고기를 잡으려는 노력은 헛된 일일 뿐이다.

"일정한 생활 근거가 없으면 꾸준한 마음이 사라진다."

無恒産 因無恒心

이 장의 주제인 이 구절 또한 앞의 선왕과 맹자의 대화에서 나온 말이다. '항산(恒産)'은 안정된 수입을 말하고, '항심(恒心)'은 변치 않는 마음을 뜻한다.

맹자는 다음과 같이 말했다.

"일정한 수입이 없어도 학문이나 교양이 뛰어난 극소수의 사람은 정신을 올바르게 유지할 수 있다. 그러나 일반 사람은 일정한 수입이 없으면 마음이 불안해지기 마련이다. 나라를 다스리는 자가 일반 서민의 생활을 안정시키지 않고 처벌만을 엄격하게 하는 것은 서민을 무시하는 처사다."

이 말을 반대로 말하면 범죄자가 나오는 이유는 나라의 경제력이 그들의 마음을 안정시킬 만한 생활의 기반을 보장하지 못하고 있다는 말이다. 맹자가 이상주의자임에는 틀림없지만 공자보다는 시선을 낮추고 현실적인 관점에서 경제와 정신의 관계를 파악하고 있다.

『관자(管子)』라는 고전에는 다음과 같은 구절이 있다.

"창고가 차야 예절을 알고, 의식이 족해야 영욕(榮辱)을 안다."

식량이 풍족하면 사람은 예의와 절도를 스스로 지키고, 생활이 풍요로워지면 명예와 수치를 알게 된다는 뜻이다.

"길이 가까이 있는데도 멀리에서 찾는다."

이것은 노력의 원칙과도 같은 말이다. 손이 닿지 않는 곳에서 일을 시작하지 말고, 가까이 있는 사람이나 물건을 다시 한 번 돌아봐야 한다. 다른 사람이 자기 뜻대로 움직여 주지 않는다고 한탄하기 전에 자기가 먼저 움직여야 한다. 자기가 먼저 움직여도 상대가 움직여 주지 않는다면 상대의 주위에 있는 사람을 움직여 봐야 한다.

맹자의 사상은 인간에게 적극성을 심어주는 합리적인 정신을 바탕으로 하고 있다. 또한 인간에 대한 사랑은 '불능'이나 '불가'를 '가능'으로 만들 수 있게 하는 큰 힘으로 맹자의 '항심'은 그것을 의미한다.

배우고 때때로 익히면
또한 기쁘지 아니한가

學而時習之 不亦說乎
『논어(論語)』

『논어』의 처음에 나오는 이 구절을 누구나 한 번쯤은 들어봤을 것이다. 그러나 이 구절은 우리가 생각하지 못하는 아주 재미있는 문제를 제기하고 있다. 전문을 자세히 살펴보자.

배우고 때때로 익히면 또한 기쁘지 아니한가.
뜻을 같이 하는 자가 먼 곳으로부터 찾아오니 또한 즐겁지 아니한가.
사람들이 알아주지 않아도 부끄럽지 않으니 또한 군자가 아니겠는가.

學而時習之 不亦說乎
有朋自遠方來 不亦樂乎
人不知而不慍 不亦君子乎

새삼스럽지만 뜻을 자세히 설명해 보겠다.

시나 예악 등을 공부하고 체득하는 일이야말로 인생의 즐거움
이 아닌가. 이렇게 우리가 공부한다는 소식을 듣고 학문에 열심
인 동료가 먼 곳에서 찾아와 주면 이 또한 즐거운 일이다. 그러
나 우리가 누구인가를 알지 못하고 무엇을 하고 있는지 전혀 관
심을 기울이지 않는 사람이 있어도 노여워하면 안 된다. 노여워
하면 군자라 할 수 없다.

여기에서 '공부하고 그것을 익힌다' 는 말은 올바른 학습을
의미한다. 만약 가르치는 사람이 올바른 학습이 무엇인지 제대
로 이해하지 못하면 학생이 피해를 받는다. 공자는 대사상가인
동시에 많은 제자를 거느린 뛰어난 교육자이자 심리학자이기도
했다. 그가 뛰어난 심리학자라고 하는 이유 중 첫째는 의상을
들 수 있다. 유교를 공부하는 사람들은 유복(儒服)이라는 옷을
입었는데 헐렁헐렁한 모양의 옷이었다. 공자는 공부하는 사람

은 몸을 조이는 옷은 피해야 한다는 사실을 깨달았음에 틀림없다.

다음으로 학습 방법에 대해 간단히 말하면 '복습'이다. 에빙하우스(Ebbinghaus)의 망각 곡선에 따르면 전화번호나 단어를 외우고 이십 분이 경과하면 절반 정도는 잊어버린다고 한다. 그리고 한 달이 지나면 80퍼센트 정도는 잊어버리게 된다. 그렇게 외운 것을 잊어버리지 않으려면 짧은 시간 내에 복습하는 방법밖에 없다. 특히 소리 내어 반복하면 기억할 확률이 10퍼센트 정도 올라간다.

공자는 이처럼 제자에게 사상뿐 아니라 적절한 학습 방법 또한 가르친 뛰어난 스승이었던 것이다.

덧붙이자면 가장 좋은 복습 방법은 시간이 조금 지난 후에 소리 내어 다섯 번씩 두 번 정도 반복하는 것이다. 또한 조금 게으른 방법 같아 보이기는 하지만 잠을 이용해서 기억력을 높일 수도 있다. 잠에서 깨면 잊어버리고, 자면 잊어버리지 않는다는 원리에서 나온 방법으로 복습한 다음에 잠에 드는 것이다.

한편 공자는 화내기를 자제하고 즐겁고 밝은 분위기에서 제자들을 가르쳤다는 점에서도 뛰어난 교육자임을 다시 한 번 입증

한다.

자신의 주장을 상대에게 이해시키려면 상대가 일종의 최면 상태에 빠지도록 유도해야 한다. 일반적으로 무서운 선생은 학습자에게 공포를 심어줌으로써 최면 상태를 만드는데 그 방법은 효과적이기는 하지만 학생이 거부감을 느낄 수 있다는 단점이 있다. 따라서 며칠 정도 이어지는 강습회 같은 곳에서 그런 방법을 사용하는 방법은 좋지 않다.

반대로 공자와 같이 즐거운 분위기를 만들어 최면 상태에 빠지게 하면 학습자는 교실에 가서 선생을 만나는 일이 즐겁다는 암시를 받게 되어 효과적이다. 사람을 지도하는 위치에 있는 사람에게 이 방법을 권유하고 싶다.

특히 어둡고 음침한 공간은 공부하는 장소로 적합하지 않다. 먼저 자신이 머무르는 공간, 즉 집, 회사부터 다시 살펴보고 밝고 즐거운 분위기로 바꾸도록 하자. 그런 방법을 이용해 먼저 자신에게 암시를 걸면 틀림없이 변화가 생길 것이다.

교육자는 언어를 선택하는 일도 중요하다.

"공자는 괴력난신(怪力亂神)을 말하지 않는다."

이 말은 즉, 공자는 '초자연적인 현상', '폭력', '무질서', '귀신'이라는 네 가지 말은 입에 올리지 않음을 뜻한다. 『논어』는 참으로 여러 가르침을 주는 유용한 고전이다.

큰일을 할 때는
반드시 사람을 근본으로 한다

濟大事必 以人爲本
『삼국지(三國志)』

　　삼국 시대 촉(蜀)을 다스린 유비(劉備)는 사실 지도자로서의
자질이 그리 뛰어났다고 할 수는 없다. 『삼국지』에서 유비는
독서를 싫어하고 학문은 소홀히 하며 화려한 옷을 입고, 스포
츠카를 모는 음악을 좋아하는 오늘날의 오렌지족 청년처럼 묘
사된다.
　　그러나 유비에게도 뛰어난 소질이 있었으니 바로 '말이 적고,
자기를 낮추며, 기쁨과 노여움[喜怒]을 얼굴에 드러내지 않았다'
는 점이다. 이는 유비의 천성에 가까운데 장수의 풍모가 느껴지

기도 한다. 역시 시대는 바뀌어도 지도자의 자격은 크게 변하지 않는가 보다.

우선 말이 많은 사람은 아무래도 경박한 느낌을 주어 사람들에게 진심으로 신뢰받지 못한다. 맹자도 다음과 같이 말했다.

"사람이 말을 쉽게 하는 것은 책임감이 없어서다."
人之易其言也 無責耳矣

지도자는 겸양의 미덕도 지녀야 한다. 이는 다른 사람의 원망을 사지 않는 장점이 있으며 이보다 더 긍정적인 작용을 하기도 한다.

예를 들어 광무제(光武帝)가 천하를 평정하고 후한(後漢) 왕조를 세우는 데 큰 공을 세운 풍이(馮異) 장군은 행군 도중에 다른 장군의 군대와 부딪히면 수레를 돌려 길을 터줄 정도로 겸손한 사람이었다. 모든 장수들이 자신의 군공을 논할 때 풍이 장군은 혼자 떨어져 큰 나무의 그늘에 앉아 있었다는 일화로 풍이 장군을 '대수장군(大樹將軍)'이라고도 불렸다. 병사들은 부서를 배치할 때 모두 '대수장군' 휘하로 가기를 원했다고 한다.

인정이란 바로 그런 것으로 겸손한 사람은 다른 사람을 끌어당기는 힘이 있다. 사람을 이끌려면 마음을 이끄는 방법이 최선이다.

마지막으로 '기쁨과 노여움을 표현하지 않았다' 는 말은 요즘 말로 하면 '포커페이스' 를 취했다고 할 수 있다. 사소한 일에 안색이 변하는 윗사람 밑에 있는 사람은 일을 하는 데 고충이 많다. 아랫사람은 알게 모르게 윗사람의 안색을 살핀다. 윗사람이 언제 기뻐하고, 언제 화를 내는가 연구하는 것이다.

실력과 상관없이 요령만 좋다면 그 사람은 윗사람의 기쁨에 같이 기뻐하고, 노여움을 피할 수 있다. 그러나 그런 분위기가 만연하면 기업에 좋지 않은 영향을 미치게 된다.

오늘날 기업에 비유하자면 삼국 시대에는 수완 좋은 경영자들이 시장 점유를 놓고 경쟁하는 형국이었다. 그중 소기업의 경영자인 유비(劉備)만이 소극적인 태도였는데 그것이 반대로 눈에 띄었던 것 같다.

대기업 경영자이자 수완가의 대표라 할 만한 조조(曹操)는 왠지 자기와는 성격이 다른 유비에게 신경이 쓰였다. 『세설신어(世說新語)』에는 조조가 배잠(裴潛)이라는 자에게 유비에 대한 평가를 물어보는 장면이 나온다.

"너는 예전에 유비와 함께 있었는데 저자의 재능을 어떻게 생각하느냐?"

배잠은 다음과 같이 대답했다.

"만일 중원에 거하면 세상을 어지럽힐 수는 있어도 통치할 수 없을 것입니다. 그러나 만약 변방에서 요새를 지킨다면 충분히 한 지역의 우두머리는 될 수 있을 것입니다."

유비에 대한 평으로써 넘치지도 않고 부족하지도 않은 정확한 평이다.

사실 지도자로서 자질은 있지만 임기응변이 부족한 유비가 천하의 삼분의 일을 손에 넣은 사실은 놀랄 만하다. 유비가 그만한 성과를 거둘 수 있었던 것은 아마도 다음과 같은 신념 덕분이었을 것이다.

"큰일을 할 때는 반드시 사람을 근본으로 한다."

濟大事必 以人爲本

유비가 이 말을 했을 당시에 그는 최악의 상황에 놓여 있었다. 몸을 의지하던 유표(劉表)가 죽고 그의 자식인 유종(劉琮) 때문에 조조에게 팔려가게 되었다. 유비 또한 도망치기에 급급

한 상황이었는데도 그를 따르는 무려 수십만의 사람들이 유비의 뒤를 좇아왔다. 유비가 난민을 도망치게 하기 위해 관우(關羽)에게 배를 준비시키자 부하 중의 한 사람이 따지듯이 말했다.

"도망가야 할 사람은 우리입니다. 일단 조조의 군사가 들이닥치면 잠시도 버틸 수 없습니다."

이 말을 듣고 유비는 이렇게 대답했다.

"큰일을 하려면 사람이 가장 중요하다. 지금 이렇게 많은 사람이 우리를 따르려고 하는데 버려서야 되겠는가."

이 말은 인간에 대한 신뢰가 두텁고 자신에게 엄격한 사람만이 할 수 있는 말이다. 나는 『삼국지』에서 이 부분을 가장 좋아한다.

조조 또한 인재를 기르는 일에 여념이 없었지만 자신을 비판한 사람은 유능한 부하라도 가차없이 죽이는 잔인한 면모가 있었다. 바로 그 점 때문에 만인이 조조를 진심으로는 따르지 않았을 것이다.

그러나 한편으로는 사람을 불신하는 조조가 덕치주의를 바탕으로 한 유비를 멸망시키지는 못한 것과 마찬가지로 유비 또한 조조를 이기지 못한 것도 사실이다. 두 사람을 뛰어넘는 지도자가 되려면 패도와 왕도를 조화시켜야 하고 '힘'과 '마음'을 모두 이용해 사람을 이끌어야 한다. 그런 능력을 갖추려면 지식을 체험하여 그것을 바탕으로 책을 읽어 새로운 사상을 획득하는 일을 반복하는 수밖에 없다.

참는 것과 화를 내는 것은
재앙과 행운의 구별점이다

忍激二字 是禍福關
『신음어(呻吟語)』

경제인 중에서 『신음어(呻吟語)』를 애독하는 사람이 많다는 사실을 알고 놀랐던 적이 있다. 보통 다른 사람의 지도를 받을 때 '지도 편달 바랍니다'라고 이야기하는데 이때 '편달(鞭撻)'은 매를 들고 벌한다는 뜻이다. 실제로 매를 맞으면 화를 내겠지만 앞에서는 입에 발린 말로 그렇게 이야기한다.

그러나 아마도 『신음어』를 제대로 읽은 사람이라면 보이지 않는 매로 자신을 채찍질하겠다고 생각할 것이다. 그 정도로 이 책은 자신에게 엄격할 것을 요구한다.

비즈니스맨은 문자 그대로 바쁜 사람이다. 생각하기 전에 걸음을 떼고, 걸으면서 생각해야 한다. 걷는 것을 '동(動)', 생각하는 것을 '정(靜)'이라고 하면 '동(動)'한 다음에 '정(靜)'이 활동하는 것이라고 할 수 있다.

사람은 정(靜)이 무거워지면 발길을 멈추는데 바로 걷는 방향을 모색할 시기이거나 자신을 반성할 때다.

『신음어』에는 다음과 같은 구절이 있다.

"정(靜)이라는 한 글자를 하루 종일 마음에서 떼어놓으면 안 된다."

결국 정(靜)이 동(動)을 조절하므로 걷는 행위도 정(靜)이라고 할 수 있으며 정(靜)과 동(動)이 따로 떨어지면 안 된다는 뜻이다.

"참는 것과 화를 내는 것은 재앙과 행운의 구별점이다."
忍激二字 是禍福關

자신의 인격을 높이려면 어떤 일이 있어도 화를 억누르고 함

부로 말을 내뱉지 않도록 명심해야 한다는 뜻이다. 책에 나와 있는 구절을 마음속으로 받아들였다고 생각해도 막상 상황이 닥쳤을 때 꾹 누르지 못하면 자신도 모르게 화가 튀어나와 버리고 만다. 실제로 화가 났을 때 그것이 행운과 불운의 경계임을 떠올리며 꾹 누를 수 있는 담력을 키워야 하겠다.

지금까지 반복해서 말했지만 인격은 만들어가는 것으로 『고문진보(古文眞寶)』에서는 다음과 같이 말한다.

"두텁게 쌓고 옅게(薄) 발(發)하라."

여기서 쌓아야 할 것은 학력과 재력, 담력을 말한다. 그러나 무엇보다 가장 높게 쌓아야 할 것은 바로 덕(德)이다.

돌로 양치질하고
흐르는 물을 베개 삼는다

漱石枕流
『세설신어(世說新語)』

　사람은 누구나 실수를 할 때가 있지만 실수한 다음에 어떻게
대처하는가에 따라 사람의 인격이 평가된다. 물론 공자도 실수
할 때가 있었다. 과연 공자는 자신의 실수에 어떻게 대처했을까?
　공자가 진(陳) 나라에 갔다 그 나라의 사법 장관을 만났을 때
의 일이다. 그 사람은 공자가 성인이라는 평판을 듣고는 어떤 인
물인지 시험해 보려는 속셈으로 이렇게 질문을 던졌다.
　"당신의 고국인 노(魯)의 군주 소공(昭公)은 예를 갖추고 있습
니까?"

당연한 일이므로, 공자는 '예를 갖추고 있습니다' 하고 대답했다. 그러자 내심 노리고 있던 사법장관이 말했다.

"나는 군자는 편애를 하지 않는다고 들었는데 군자도 어쩔 수 없는 모양이군. 소공은 오(吳) 나라에서 부인을 맞았는데 노와 오는 성이 같지 않습니까. 소공이 예를 갖추고 있다면 이 세상에서 예를 갖추지 않은 사람이 어디에 있겠습니까."

그 시대는 동성끼리 결혼을 못하는 것이 예이자 규칙이었다. 그 규칙을 어긴 군주가 소공이 처음은 아니었지만 어쨌든 사실은 사실이었다.

그 말을 들은 후에 공자는 군자답게 제자에게 이렇게 말했다.

"나는 행복한 사람이다. 실수를 범하면 다른 사람이 반드시 알려주는구나."

자신의 약점을 장점으로 바꾸려면 우선 사심없이 상대의 말을 들어야 한다. '이 사람 악의적으로 말하네' 하는 식으로 생각하면 화가 치밀게 되어 있다. 그러나 공자는 상대의 말을 그대로 받아들이고 그대로 이해했다. 이러한 마음 자세는 크게 본받을 만하다.

자신이 범한 실수를 인정하고 싶지 않은 마음은 누구나 같지만 실수를 덮으려고 또 다른 실수를 범해선 안 된다.

『세설신어』에 있는 다음 이야기는 실수를 덮으려다 더 큰 실수를 범한 사례다.

손초(孫楚)는 젊었을 때 속세를 떠나 산속에 은거하기로 마음먹고 친구인 왕제(王濟)에게 그 마음을 털어놓으면서 이렇게 말했다.

"돌로 양치질하고 흐르는 물을 베개 삼겠네."
漱石枕流

사실 '돌을 베개 삼아 눕고 흐르는 물로 양치질하는 생활을 하고 싶다(枕石漱流)'라고 말할 것을 실수로 '돌로 양치질하고 흐르는 물을 베개 삼겠다(漱石枕流)'라고 말한 것이다. 왕제가 웃으며 실언임을 지적하자 손초는 자존심이 상하여 이렇게 말했다.

"흐르는 물을 베개 삼겠다는 것은 옛날의 은자인 허유(許由)처럼 쓸데없는 말을 들었을 때 귀를 씻으려는 것이고, 돌로 양치질을 한다는 것은 이를 닦으려는 것일세."

인격이 높은 사람이 지지 않으려고 하면 훌륭한 결과가 나타나지만 그렇지 못한 사람이 자신의 실수를 인정하지 않으면 구제할 방법이 없다.

『논어』에는 다음과 같은 구절이 있다.

"학문을 하면 경직되지 않는다."
學則不固

완고하고 융통성이 없는 사람은 무엇이든 배우려는 자세로 두뇌에 유연성을 길러야 한다.

책을 읽으면
만 배의 이익이 있다

讀書萬倍利
『고문진보(古文眞寶)』

'전력의 귀신'이라고 불린 일본의 마츠나가 야스자에몬(松永 安左ェ門)은 열여섯 살에 게이오(慶應) 의숙(義塾)에 들어가 후쿠자와 유키치(福澤諭吉)에게 가르침을 받았다.

후쿠자와는 학생들과 함께 자주 미타(三田) 산을 산책했는데 마츠나가도 그중 한 명이었다. 그렇게 같이 산책하면서 후쿠자 와에게 받은 가르침은 마츠나가의 마음에 파고들어 사회에서 살아가는 데 큰 도움이 되었다고 한다.

마츠나가는 이렇게 말한다.

"오늘날 선생과 학생은 함께 걸으면서 이야기하는 법이 없는데 이는 불행한 일이다."

그러나 한편에서는 이런 이야기도 들린다.

"지식 자체보다 공부하는 방법을 가르치는 것이 중요하다."

이는 중국 고전에 나온 말은 아니지만 학문이나 교육에서 하나의 진리로 통한다. 공자는 이러한 진리를 깨닫고 있었기 때문에 무턱대고 제자를 가르치지 않았다. 그의 교육 방침을 나타내는 말이 있다.

"스스로 분발하지 않으면 가르치지 않고, 깨달은 이치를 표현하지 못하면 말해 주지 않는다."
不憤不啓 不悱不發

제자가 스스로 공부하다가 안 풀리는 문제 때문에 답답해서 가슴이 터질 듯할 때 스승이 가르쳐 주어야 그 가르침을 이해할 수 있다는 뜻이다. 그리고 제자가 궁금한 점을 제대로 표현하지 못할 때는 스승이 그 실 타래를 풀어주라는 의미다. 이 구절에서 '자기 계발(自己啓發)' 이라는 단어가 유래됐다.

『난학사시(蘭學事始)』에 다음과 같은 이야기가 나온다.

사이다 겐파쿠(杉田玄白)와 마에노 료타쿠(前野良澤)가 『타헤르 아나토미아(ターヘル アナトミア: 네덜란드의 인체해부도—역주』의 번역 작업을 할 때의 일인데 네덜란드어 사전이 없어 어려움을 겪었지만 결국 번역을 완성했다.

그들은 'wenkbrauw(눈썹)' 라는 단어의 뜻을 몰라도 그 구절을 하루 종일 노려보면서 다른 문장과 비교해 보는 사이에 저절로 의미를 알게 되었다고 한다. 이런 방법은 그리 능률적이지는 않지만 그렇다고 비생산적이라고 할 수는 없다. 문장을 한눈에 봄으로써 단어의 배열이나 문장 구조를 파악할 수 있기 때문이다.

단어의 뜻만 알아서는 문장에서 제대로 활용할 수 없다. 이는 자기중심적인 사람이 사회에 나와 조직의 일원이 되어 사회 구조를 이해하지 못해 어찌할 바를 모르는 것에 비유할 수 있다. 이런 유형의 사람은 구조를 이해하려는 과정에서 자기를 잃을 수도 있다.

‘학문(學問)’ 이라는 단어는 당연히 ‘배운다[學]’ 와 ‘묻는다
[問]’ 는 뜻에서 유래되었다. 『서경』에는 다음과 같은 구절이 있
다.

"모르는 것을 묻기 좋아하면 여유가 있다."
好問則裕

확실히 다른 사람에게 모르는 것을 물으면 그만큼 지식이 늘
어나 마음에 여유가 생긴다. 질문은 평생 할 수 있지만 빨라도
서른 살을 지나야 진정한 배움이 무엇인지 알 수 있다.

"책을 읽으면 만 배의 이익이 있다."
讀書萬倍利

『고문진보』에 나온 이 말에서 ‘만 배’ 가 열 배도 백 배도 천
배도 아니라는 사실은 나이 사십을 넘기고 나서야 알 수 있다.

독서는 보물이 숨겨져 있는 동굴에 들어가는 것과 비슷한데
같은 책을 읽어도 동굴의 열쇠를 발견하는 사람과 그렇지 못하
는 사람이 있다. 호거인(胡居仁)의 『거업록(居業錄)』에는 책을

읽는 요령이 나와 있는데 다음 충고를 명심하길 바란다.

"도리를 깨달으려고 무리하게 생각하면 안 된다. 너무 생각을 많이 하면 도리에 머무르는 미묘한 진리를 놓치고 만다. 느긋한 마음으로 여러 시점에서 생각해 보면 왜곡되지 않게 자연의 도리를 이해할 수 있을 것이다."

모든 것의 근원은 먼저 자신을 다스리는 것이다. 즉, 자신을
사랑하는 것이다. 새로운 기운을 이용하고 낡은 기운은 버려
야 한다. 몸에서 좋은 기운과 나쁜 기운을 순환시켜야 한다.
좋은 기운[精氣]은 날마다 새롭게 하고, 나쁜 기운[邪氣]은 모
두 배출시키면 천수를 다할 수 있다. 이러한 사람을 진인이라
고 한다.

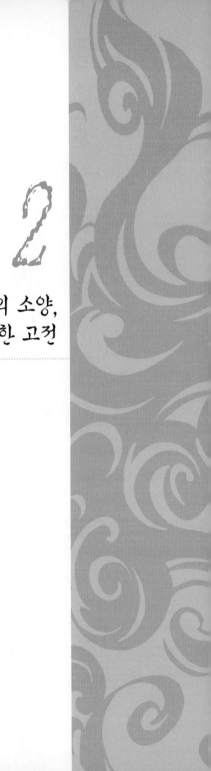

2

일상의 소양,
일상생활에서 유용한 고전

지혜로운 사람은 술을 마셔도 흐트러지지 않는다.
人之齊聖 飮酒溫克 『시경(詩經)』

사람들은 조용히 일을 처리하는 사람의 공은 모르고,
드러내 놓고 일을 처리하는 사람의 공만 안다.
治於神者 衆人不知其功 爭於明者 衆人知之 『묵자(墨子)』

돈을 취할 때는 사람을 보지 못한다.
取金之時 不見人 『열자(列子)』

한 가지 이로운 일을 시작함은
한 가지 해로운 일을 제거함만 못하다.
興一利不如除一害 『원사(元史)』

스승을 귀히 여기지 않고 그 도움을 아끼지 않는다면
지혜롭다 하더라도 크게 미혹될 것이다.
不貴其師 不愛其資 雖智大迷 『노자(老子)』

신은 땅보다 무겁고, 예는 몸보다 높다.
信重於地 禮尊於身 『春秋繁露(춘추번로)』

인간 만사 새옹지마.
人間萬事塞翁之馬 『회남자(淮南子)』

먼 곳을 돌아보지 말고,
가까이 대신할 수 있는 곳을 찾아라.
所監不遠視邇所代 『대대례(大戴禮)』

옛일에 얽매이지 않고
나부터 표본이 될 만한 예를 만들어낸다.
自我作古 『송사(宋史)』

검소함에서 사치스럽게 되기는 쉽고,
사치스러운 것에서 검소해지기는 어렵다.
由儉入奢易 由奢入儉難 『소학(小學)』

지혜로운 사람은
술을 마셔도 흐트러지지 않는다

人之齊聖 飲酒溫克
『시경(詩經)』

『천자문(千字文)』을 읽다 보면 중국에서 만든 발명품에 대한
구절이 나온다.

恬筆倫紙
(염필륜지)

鈞巧任釣
(균교임조)

'염(恬)'은 진(秦)의 장군이었던 몽염(蒙恬)을 말하며, 그는 토끼털로 붓을 만들었다. '윤(倫)'은 후한의 관리였던 채륜(蔡倫)을 말하는데, 그는 종이를 만들었으며 처음에는 마 조각을 이어 종이를 만들었다고 한다.

'균(鈞)'은 삼국 시대 위(魏) 무제 시대의 박사 마균(馬鈞)을 말하며, 그는 나침반을 부착한 차(지남차, 指南車)를 만들었다.

'임(任)'은 사람 이름이 아니라 국명으로, 고대부터 춘추 전국 시대까지 동쪽에 있던 소국을 말한다. 임 나라의 공자(公子)는 낚시의 명수로 한때 몸 길이가 십 리가 넘는 대어를 낚았다고 전해진다.

이 밖에도 중국인은 인쇄술과 화약을 발명하여 문명의 진보에 크게 공헌했다.

술 또한 중국인이 처음 만들었는데 문명의 진보와 큰 관계가 없어 보이지만 역사와는 밀접한 관련이 있다.

『세본(世本)』이라는 책에 다음과 같은 구절이 있다.

"의적(儀狄), 술을 만들다."

중국에서 처음으로 술을 만든 사람의 이름은 의적(儀狄)으로 그는 우왕(禹王)의 신하였다.

『전국책(戰國策)』에 따르면 의적이 처음으로 술을 만들어 우왕에게 헌상했고 그는 맛있게 마셨다.

그러나 어느 날 우왕은 의적을 물러나게 하고 술을 끊으며 다음과 같이 말했다.

"다음 세상에 반드시 술로 나라를 망하게 하는 자가 있을 것이다."

그는 술이 망국의 근원이 될 것임을 예언했다.

"지혜로운 사람은 술을 마셔도 흐트러지지 않는다."

人之齊聖 飮酒溫克

'제성(齊聖)'은 깊이 삼가고, 지혜가 뛰어나다는 의미이며, '온극(溫克)'은 자제심이 있다는 뜻으로 깊이 삼가고 지혜로운 사람은 술을 마셔도 흐트러지지 않는다는 의미다.

어떤 사람은 술을 마시면 마치 다른 사람이 된 것처럼 변하는데 특히 완고한 분위기의 직장일수록 그런 사람이 많다. 다른 직원들이 술버릇 때문에 자신을 피한다는 사실을 알면서도 술을 끊지 못한다. 여하튼 술로 인한 문제는 어디에나 일어난다.

『사기(史記)』의 유협열전(遊俠列傳)에는 다음과 같은 이야기가 있다.

한(漢) 시대에 곽해(郭解)라는 협객이 있었는데 그 누이의 자녀는 곽해의 위세를 믿고 교만했다. 하루는 곽해의 조카가 어떤 사람과 술을 마시다가 억지로 상대방에게 술을 권했고, 성이 난 상대는 칼을 뽑아 그를 찔러 죽이고 달아났다. 곽해의 누이는 곽해가 도적을 잡는 데 적극적으로 나서지 않는다는 생각에 화가 나서 자식의 시체를 일부러 길거리에 버린 채 장사를 지내지 않았다.

결국 곽해는 사람을 시켜 탐색한 끝에 범인이 숨어 있는 곳을 알아냈으나 그전에 범인이 견디다 못해 자수하여 곽해에게 그 사정을 자세히 설명했다.

그 말을 듣고 곽해는 '당신도 죽일 만한 이유가 있다. 내 조카가 잘못했다'라고 말하면서 조카의 죄를 인정하여 그를 돌려보내고는 조카의 시체를 거두어 장사를 지냈다. 이 이야기를 들은 사람들이 모두 곽해의 의협심을 장하게 여겨 그를 더욱 따랐다.

곽해는 그 후로 술을 마시지 않았다.

보통 사람이 술에 취하면 보기 흉하더라도 그걸로 끝나지만 한 나라의 군주나 귀족이 술에 취해서 정사를 돌보지 않으면 나라가 망할 수도 있다. 상(商) 나라 사람도 술을 너무 좋아한 나머지 결국 주(周)에 멸망되었다.

『서경』에 따르면 주 나라에는 다음과 같은 술에 관한 규칙이 있었다.

"평소에는 술을 마시지 마라. 다만 제사 때는 허용한다. 단 술을 마셔도 취하지는 마라."

상을 점령한 후에 주 나라 지도자들은 술로 말미암은 폐해를 너무나 뼈저리게 느낀 나머지 다음과 같은 강력한 규칙을 시행했다.

"모여서 술을 마시는 자는 붙잡아 사형에 처하라."

다시 『시경』의 원문을 살펴보자.

지혜로운 사람은

술을 마셔도 흐트러지지 않거늘

어리석어 알지 못한 이는

한 번 취하면 날로 심해진다네

각각 거동을 경건히 할지니

천명은 다시 오지 않으리

人之齊聖

飮酒溫克

彼昏不知

壹醉日富

各敬爾儀

天命不又

이치를 알지·못하는, 어리석은 사람은 술에 취하면 흐트러
지기 쉬운데 인생을 좌우하는 천명은 두 번 다시 오지 않기 때
문에 놓치지 않으려면 항상 언행을 경건히 해야 한다는 말이
다.

그러나 실제 생활에서는 술자리에서 큰 계약이 체결되는 등

술을 마시지 않으면 사업에 지장을 받기도 한다. 하지만 어쩔 수 없이 술을 마시게 되더라도 '술을 마셔도 취하지 말라' 는 옛 성인의 충고를 가슴 깊이 새겨야 할 것이다.

사람들은 조용히 일을 처리하는
사람의 공은 모르고,
드러내 놓고 일을 처리하는
사람의 공만 안다

治於神者 衆人不知其功 爭於明者 衆人知之
『묵자(墨子)』

　'신(神)'의 어원을 조사해 보면 원형은 '신(申)'이다. 신(申)
은 '번개'를 뜻하는데 고대인들은 신의 대단한 위력을 번개와
같다고 생각했다.

　인간은 신의 힘을 헤아릴 수 없다는 의미의 '신묘(神妙)'라는
단어도 있듯이 이 구절에서 '신(神)'은 사람이 헤아리지 못한다
는 의미로 쓰였다.

　'명(明)'은 해와 달을 합친 모양으로 '밝다'는 뜻인데 앞에
나온 '신(神)'과 반대의 의미를 가졌다. 이 구절에서 '명(明)'은

사람 눈에 확실히 보이고, 사람의 인지가 미치는 범위를 말한다.

"사람들은 조용히 일을 처리하는 사람의 공은 모르고, 드러
내 놓고 일을 처리하는 사람의 공만 안다."

治於神者 衆人不知其功 爭於明者 衆人知之

이는 오늘날도 마찬가지여서 대중은 미처 생각하지 못한 곳에
서 일한 사람의 공적은 알아주지 않고, 시선이 닿는 곳에서 소란
을 피우며 일한 사람의 공은 쉽게 인정한다.

『묵자(墨子)』에 나오는 이와 관련된 다른 이야기를 소개한다.

공수반(公輸盤)은 천재적인 기술자로 다른 나라에까지 이름
이 났다. 그러나 그는 자신이 살던 송(宋) 나라에서 푸대접을 받
고 초(楚) 나라로 가서 무기 개발을 맡았다. 여러 궁리 끝에 성을
공격하는 데 쓰이는 전차를 만들었고, 성을 평지처럼 넘어갈 수
있는 운제(雲梯)라 불리는 높고 긴 공성용(攻城用) 기구를 개발
했다. 이 무기로 송 나라를 공격한다는 소문을 들은 묵자는 초
나라를 방문해 공수반을 만나 다음과 같이 말했다.

"당신은 의(義)에 어긋나는 일은 하지 않는다고 들었습니다.

그런데 지금 당신을 다소 푸대접했다는 이유로 새 기계를 만들어 당신이 나고 자란 송 나라를 친다고 하니 이것이 선한 일입니까?"

대답이 궁해진 공수반이 왕의 평계를 대자 묵자는 초왕을 만나게 해달라고 했다. 왕을 만난 자리에서 묵자는 부강한 나라가 가난한 나라를 공격하는 것은 비단옷을 입은 자가 이웃집의 헌옷을 훔치는 행위와 같다며 설득했다.

대답이 궁해진 초왕은 공수반의 재주를 보고 싶었기 때문이라며 평계를 댔다. 그러자 묵자는 자신이 직접 공수반의 기계를 막아보겠다는 제의를 했다. 이에 초왕 앞에서 공수반과 묵자의 기묘한 공방전이 벌어졌다.

묵자는 허리띠를 풀어 성책을 만들고, 나무 조각으로 방패 대용의 기계를 만들어 운제계로 공격하는 공수반과 모의 전쟁을 벌였다. 공수반이 아홉 번을 공격했으나 묵자는 아홉 번을 모두 막아냈다.

공수반은 패배를 인정하면서도 묵자만 없애면 문제가 없을 것이라고 생각했다. 그 생각을 눈치 챈 묵자는 이렇게 말했다.

"나를 죽이면 송 나라를 공격할 수 있다고 생각할지 모르나 그것은 큰 착각입니다. 내가 죽더라도 이미 송 나라에는 나의 제자 300명이 내가 만든 기계와 똑같은 것을 만들어 철저하게 대비하고 있습니다."

드디어 초왕은 패배를 인정하고 송 나라를 공격할 계획을 포기했다.

이 일로 말미암아 '묵수(墨守)'라는 말은 나라를 지켰다는 비유로 쓰이기 시작했고, 견고한 수비를 일컫는 말이 되었다.

이렇게 묵자는 초 나라로부터 송 나라를 구했지만 송 나라 사람들은 그에게 비를 피할 처마조차 내주지 않았다. 나라를 구하려는 묵자의 활약을 직접 눈앞에서 봤다면 환호하면서 맞아주었겠지만 먼 나라에서 일어난 일을 그들이 알 리 없었다.

아마도 묵자는 쓴웃음을 지었을 것이다. 그러나 당시 사람들이 알아주지 못한 묵자의 공적을 지금 우리가 자세히 알고 있다는 사실에 더욱 큰 의미가 있지 않을까.

다른 사람이 알지 못하는 곳에서 좋은 일을 하는 것을 '음덕(陰德)'이라고 한다. 『설원(說苑)』이라는 고전에 다음과 같은 구절이 있다.

"음덕을 베푼 자에게는 반드시 보답이 있다."

有陰德者 必有陽報

그 예로 다음과 같은 이야기가 있다.

초 나라에 손숙오(孫叔敖)라는 명재상이 있었다. 그가 어렸을 때 밖에서 놀다가 들어왔는데 평소와 달리 풀이 죽어 밥을 먹지 않았다. 어머니가 까닭을 묻자 손숙오는 울면서 이렇게 말했다.

"밖에서 머리가 둘 달린 뱀을 보았습니다. 쌍두사(雙頭蛇)를 보면 곧 죽는다고 하는데 이제 저도 죽을지 모릅니다."

어머니가 그 뱀을 어찌했느냐고 물었다.

"다른 사람이 볼까 봐 잡아서 땅에 묻어버렸습니다."

그러자 어머니는 이렇게 말하면서 위로했다.

"걱정하지 마라. 넌 죽지 않으리라. 음덕을 쌓았으니 반드시 그 보답이 있을 것이다."

손숙오는 죽지 않았고 어머니의 말처럼 훌륭한 관리가 됐다. 그러나 『북사(北史)』에는 '음덕'에 대한 다른 견해도 보인다.

"음덕은 이명과 같다."

음덕은 이명과 같아 다른 사람이 알기 어렵다는 의미다. 다른 사람이 볼 때만 일하는 사람이 높은 평가를 받는 일은 없어야 한다.

각자 소중히 여기는 일은 아무도 모르는 곳에서 완성되고, 누구나 혼자 일할 때의 외로움을 맛본다. 설사 다른 사람이 몰라주더라도 적어도 하늘이 알고 땅이 안다는 사실을 항상 생각하라. 천운을 받고 땅의 기운을 받아 성공하는 사람이 있듯이 음덕을 베푼 자는 생각하지 못한 곳에서 보답을 받는다.

돈을 취할 때는
사람을 보지 못한다

取金之時 不見人
『열자(列子)』

제(齊) 나라에 돈을 좋아하는 사람이 있었는데 어느 날 아침 시장으로 나가 장사하는 상인 옆으로 다가가더니 틈을 봐서 돈을 훔쳐 달아났다.

한 관리가 도망가던 그를 잡아 꾸짖었다.

"많은 사람이 보고 있는데 다른 사람의 돈을 훔쳐 달아나다니……."

그러자 그 남자는 이렇게 대답했다.

"돈을 빼앗을 때 사람은 눈에 보이지 않고 그저 돈만 보였습니다."

이는 『열자(列子)』라는 고전에 나오는 구절로 내용이 함축적이어서 그런지 다른 고전에서도 비슷한 구절이 나온다. 『여씨춘추(呂氏春秋)』에서도 발견되고, 『허당록(虛堂綠)』에는 뜻은 비슷하나 약간 다른 구절이 눈에 띈다.

"사슴을 쫓는 자는 산을 보지 못하고 돈을 훔치는 자는 사람을 보지 못한다."
逐鹿者 不見山 攫金者 不見人

앞서 든 구절보다 오히려 이 구절이 잘 알려져 있을지도 모른다. 중국 사람은 이렇게 한 가지에만 집착하다 주위 상황을 파악하지 못하게 되는 오류를 범하는 것을 두려워했다. 『회남자(淮南子)』에도 다음과 같은 말이 있다.

"사슴을 쫓는 자는 토끼를 보지 못한다."

옛 성현이 이렇게 반복해서 경계했음에도 수없이 많은 사람이 욕심에 눈앞이 흐려져 스스로 무덤을 팠다는 사실을 잊지 말아야 한다. 욕심에는 종류가 많아 금욕, 권력욕, 색욕, 지식욕, 식욕 등 들자면 한이 없을 정도다. 모든 욕심에는 덫이 있다는 사실을 명심하자.

카이바라 에키켄(貝原益軒)이 쓴『양생훈(養生訓)』은 에키켄이 44세 때 완성되었다. 이 책에서 그는 마흔세 살이지만 밤에 작은 글자를 읽을 수 있고, 이가 하나도 빠지지 않았다며 자신의 건강을 자랑한다.

『양생훈』에 따르면 자신의 몸을 해치는 것은 안에서 생기는 욕심이라고 한다. 그러므로 양생(養生)을 하는 원리는 내욕(內欲)을 억누르는 것이라고 말한다.

"목숨이 짧으면 천하사해의 부를 얻는다고 해도 이익이 아니다. 또 눈앞에 보물이 산처럼 쌓여 있어도 소용없다."

이는 분명히 옳은 말이지만 일단 욕심에 사로잡히면 사람도 보이지 않고 사람의 말도 들리지 않는다. 그 정도가 심하면 권력 투쟁을 일으키고 조직을 붕괴시키기도 한다.

춘추 시대 때 진(晉) 나라에서 '여희(驪姬)의 화(禍)' 라고 하는 무시무시한 환란이 일어났는데 이 난 때문에 나라의 권력 구조가 완전히 바뀌었을 정도였다. 군주를 시작으로 태자, 공자, 부인, 중신까지 자그마치 20여 명이 피비린내 나는 소용돌이에 얽혀 죽었다. 『국어(國語)』에는 이 사건의 전말이 자세히 서술되어 있다. 이렇게 엄청난 사태를 불러일으킨 사람은 '여희'라는 절세미녀였다.

중국의 미녀에는 양귀비(楊貴妃)와 서시(西施)가 있는데 그 이전에는 여희와 하희(夏姬)가 미녀의 대표로 꼽혔다. 덧붙이자면 '희(姬)'는 생가의 성으로 주 왕실을 손에 쥔 가문이었다.

헌공(獻公) 때는 진 나라가 세력을 넓히기 시작했을 즈음인데 하루는 여 나라에 원정하였다가 여희를 손에 넣었다. 그녀는 인질이라기보다 전리품에 가까웠다.

여희는 빼어난 미모를 이용해 늙은 헌공을 농락하여 정부인의 지위를 얻은 후 해제(奚齊)라는 아들을 낳았다. 이때부터 여희는 욕심이 눈앞을 가려 사람이 보이지 않게 되었다.

그녀는 헌공의 다른 부인이 낳은 자식을 모두 처치하고 자신의 아들을 태자로 삼아 다음 왕위를 차지하려는 음모를 꾸몄다. 그러나 결국 그 음모는 여희의 아들이 왕위에 앉기 전에 탄로나고 말았다.

이렇게 묘사하고 나니 여희 혼자 모든 잘못을 저지른 것같이 보이기도 하는데 『포박자(抱朴子)』에서는 다음과 같이 말한다.

"미인을 보고 마음이 녹아 옳지 않은 일을 생각하는 사람이 음탕한 사람(淫人)이다."

이는 나라를 큰 혼란에 빠뜨린 일차적인 책임은 도리어 헌공에게 있다는 뜻이다.

『여씨춘추』에는 다음과 같이 쾌락의 욕구를 금지하는 구절이 있다.

"미인과 음란한 음악에 정신을 잃으면 자신의 명을 재촉하게 된다."

靡曼皓齒 鄭衛之音 務以自樂 命之曰伐性之斧

미만(靡曼)은 '아주 고운 피부'를 호치(皓齒)는 '하얀 치아'의 미인을 말하며, 정위지음(鄭衛之音)은 '음란한 음악'을 뜻한다. 거기에 정신을 잃으면 그것이 자신의 명을 재촉하는 덫으로 변한다는 말이다.

'아성지부(伐性之斧)'는 자신의 욕심에서 생겨나 도리어 자신을 죽이는 흉기가 된다는 뜻이다. 그런 일을 피하려면 욕심을 억누르고 겸허해져야 한다. 그것이 인생이라는 장에서 칼을 빼지 않고 이기는(無手勝流) 방법이다.

'칠서(七書)'라고 불리는 병법서 중 하나인 『위료자(尉繚子)』
에는 다음과 같은 말이 있다.

"다른 사람의 아버지와 형제를 죽이고, 다른 사람의 재화를
얻으며, 다른 사람의 자녀를 첩으로 삼는 것은 도둑질이다."

침공한 나라의 공주에게 자신의 시중을 들게 하는 것도 도둑
질과 같이 나쁜 짓이다. 군주가 도둑질을 하면 큰 국난을 초래한
다.

고대의 걸왕(桀王)과 주왕(紂王)은 이러한 이유로 결국 나라
를 멸망시켰다. 앞서 든 헌공은 진 나라를 완전히 멸망시키지는
않았지만 여희의 말만 듣고 나라의 앞날을 걱정하는 신하의 말
을 듣지 않았으니 중국판 '벌거숭이 왕'이라고 하겠다.

일본에도 도둑질을 한 군주는 있었는데 바로 다케다 신겐(武
田信玄)과 도요토미 히데요시(豊臣秀吉)다. 다케다는 자신이 멸
망시킨 수와(諏訪) 씨의 딸을 첩으로 삼았고, 도요토미는 자신이
멸망시킨 아사이(淺井) 씨의 딸을 첩으로 삼은 일로 말미암아 나

라가 기울었다.

다케다 신겐이 지은 한시를 소개한다.

모조리 죽여라 강남 십만의 병사를

허리춤에 찬 일검 피비린내조차

더벅머리 중은 모르는구나 산천의 주인을

나를 향해 은근히 이름을 묻네

鏖殺す 江南十萬の兵

腰間の一劍 猶血なまぐさし

豎僧は知らず 山川の主

我に向つて 慇懃に 姓名を問う

원문은 명(明) 태조인 홍무제의 시다.

모조리 죽여라 강남의 백만 병사를

허리춤에 찬 보검 피비린내조차

산의 스님은 모르는구나 영웅의 한을

다만 오로지 새벽에 이름을 묻네

殺盡江南百萬兵

腰間寶劍血猶腥
山僧不識英雄主
何必曉曉問姓名

두 시를 보면 우선 병사의 숫자에 차이가 나는 것을 알 수 있다. 백만 병사가 십만 병사로 줄어든 것은 아마도 축소 지향적인 일본의 사고방식에서 유래됐으리라.

신겐은 한시를 연습하려는 목적에서 이 시를 썼을 것이다. 만약 그렇지 않았다면 이는 도둑질과 마찬가지인데 그는 이렇게 변명할지도 모르겠다.

"한시를 지을 때 작자는 보이지 않고 글자만 눈에 들어왔다."

한 가지 이로운 일을 시작함은
한 가지 해로운 일을 제거함만 못하다

興一利不如除一害
『원사(元史)』

13세기 초에 갑자기 유례없는 대제국이 출현했는데 바로 몽골 제국이다. 이 나라는 한때 동으로는 일본을 제외하고, 남으로는 인도를 제외한 나머지 아시아 전역을 차지했다. 몽골 제국의 기초를 구축한 사람은 칭기즈칸으로 여기서 '칸'은 왕을 의미한다.

칭기즈칸이 몽골 군대를 이끌고 금(金) 나라의 수도였던 연경을 함락시켰을 때의 일이다. 그는 금의 신하인 야율초재(耶律楚材)의 명성을 듣고 그의 인물됨이 궁금했던 차에 그를 불러들였다.

야율초재는 신장이 8척으로 아름다운 수염을 기르고 있었으며 목소리가 큰 남자였다. 칭기즈칸도 덩치가 크고 이마가 넓으며 수염을 기르고 있었다. 칭기즈칸은 야율초재가 한눈에 맘에 들었지만 넌지시 이렇게 물었다.

"요(遼)와 금은 대대로 원수 관계에 있었고, 나는 금을 토벌했다. 그러니 그 일은 그대가 나에게 복수하거나 원망할 일이 아니다."

요는 거란족이 중국 북쪽 지방에 걸쳐 세운 왕조로 여진족인 금에 의해 멸망했다. 야율초재는 요 왕실의 피를 물려받은 자였다.

야율초재는 다음과 같이 대답했다.

"나의 아버지와 할아버지는 금의 황제에게 몸을 바쳐 봉사했습니다. 왜 군주의 원한을 푸는 일을 하면 안 되는 겁니까?"

칭기즈칸은 이 말을 듣고 그의 신의에 감탄하면서 야율초재를 곁에 두었다.

『원사』에서는 칭기즈칸에 대해 이렇게 칭찬한다.

"황제는 침착하고 대범하며 특히 병사를 활용하는 일은 마치 신과 같았다."

이렇게 칭기즈칸은 인격이 깊고 중후한 동시에 군사적인 면에
서는 천재였다.

그는 또한 사람을 통찰하는 뛰어난 안목으로 야율초재를 등용
해 몽골 제국에 큰 이익을 가져왔다. 역시 나라를 다스리는 데
최고의 보물은 사람이다.

타인의 숨은 재능을 발견할 수 있는 자는 드물다. 설사 재능을
발견하더라도 그 재능을 발휘할 수 있게 기회를 만들어주는 사
람은 더욱 드물다. 반복하지만 재능은 적당한 기회를 만나야 발
휘할 수 있다.

한편 재능은 어릴 때의 영특함과는 다른데 『세설신어(世說新
語)』에는 그 차이를 알기 쉽게 소개한 이야기가 있다.

왕연(王衍)은 진(晉) 나라 장군의 아들이었다. 어느 날 그의
아버지가 공무 때문에 조정으로 사자를 보낸 일이 잘 풀리지 않
았다. 왕연은 어린 나이였지만 수도로 직접 올라가 양호(羊祜)
와 산도(山濤)에게 사건의 경위를 명쾌하게 설명했다. 산도는
왕연의 영특함에 매우 감동받아 떠날 때 배웅까지 나왔을 정도

였다.

산도는 한숨을 내쉬며 말했다.

"저 아이가 내 아들이면 얼마나 좋을까."

그러자 옆에 있던 양호가 말했다.

"반드시 저 아이는 천하를 흐트러뜨릴 것이다."

과연 양호의 말대로 왕연은 나중에 진의 재상이 되었지만 정치에 열의가 없었으며 진의 멸망을 앞에 두고 적장에게 죽임을 당했다.

『논어』에 다음과 같은 말이 있다.

"군자는 작은 일은 할 수 없지만 큰 임무를 맡을 수 있다. 소인은 큰 임무는 맡을 수 없지만 작은 일은 가능하다."

君子不可小知而可大受也, 小人不可大受而可小知也

왕연은 군자인 듯 보였지만 실은 소인에 불과한 인물로 작은 일은 잘했지만 큰일은 잘 해내지 못했다. 그러한 본성을 꿰뚫어 본 양호야말로 안목이 뛰어난 사람이다.

칭기즈칸은 야율초재에게 충분히 재능을 발휘할 기회를 열어

주어 그의 예언이나 정책을 전부 국정에 반영했다. 칭기즈칸은 죽기 전 아들 오고타이에게 이렇게 말했다고 한다.

"이 사람은 하늘이 우리 집안에 내려준 사람이다. 그러므로 국정을 모두 야율초재에게 맡겨라."

칭기즈칸의 사후, 제위를 이은 오고타이는 아버지의 명을 거스르지 않고 야율초재의 진언이나 헌책을 모두 받아들였다.

하루는 몽골 제국의 발전을 두려워한 서역의 여러 나라와 송, 고려에서 사자가 왔는데 모두 말만 앞서는 사람이었다. 오고타이는 화가 치밀어 올랐지만 일단 참고 야율초재를 가리키면서 이렇게 말했다.

"너희 나라에는 이러한 인물이 있는가?"

사자들은 절을 하며 말했다.

"없습니다. 이 사람은 신(神)이라 할 만합니다."

그러자 오고타이는 다음과 같이 말했다.

"지금까지 너희가 한 말 중에 이번 대답만 거짓이 아니었다."

이 이야기는 오고타이가 야율초재를 얼마나 신뢰하고 존경했는지 잘 말해 준다.

이처럼 뛰어난 정치가인 야율초재는 정사에 임할 때 항상 다음과 같은 말을 일관되게 강조했다고 한다.

"한 가지 이로운 일을 시작함은 한 가지 해로운 일을 제거함만 못하다."

興一利不如除一害

즉, 새로운 일을 하나 늘리는 것보다 오래되고 도움이 안 되는 일을 하나 줄이는 게 낫다는 뜻이다.

또한 그는 이렇게 말했다.

"중국인이 천 년을 넘게 쌓은 지혜에는 변하지 않는 도리가 있다. 후세 사람 특히 실패를 겪은 사람은 내 말이 틀리지 않다는 사실을 알게 될 것이다."

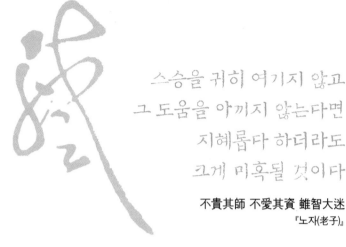

스승을 귀히 여기지 않고
그 도움을 아끼지 않는다면
지혜롭다 하더라도
크게 미혹될 것이다

不貴其師 不愛其資 雖智大迷
『노자(老子)』

이 말에서 '자(資)'는 도움을 뜻하며 도와주는 사람이라고도
할 수 있다. 또한 '지(智)'는 지혜로운 사람을 의미한다.

『노자』에 나온 말로 자신의 스승을 존중하지 않고 자신을 도
와주는 사람을 소중히 여기지 않으면 아무리 지혜로운 사람도
난관에 부딪칠 것이라는 뜻이다.

『노자』는 우리에게 지혜에 대해 말해 주고 있다.

첫째, 항상 사람을 잘 활용하여 누구도 버리지 말라.

둘째, 항상 물건을 잘 활용하여 어떤 것도 버리지 말라.

지혜의 원점은 사람과 물건을 잘 활용하는 데 있다. 지혜는 그 원점에서 시작되어 다시 원점에서 끝난다.

노자는 '사람을 버리지 않는 일'을 구체적으로 다음과 같이 설명한다.

"선한 사람은 선하지 않은 사람의 스승이고, 선하지 않은 사람은 선한 사람을 도와준다."

善人者 不善人之師 不善人者 善人之資

착한 사람이 자신의 선을 자랑하기 시작하면 바로 거기에서 악이 생겨나고 악한 사람이 들끓으면 악을 몰아낼 수 있을 만큼의 선이 생겨난다. 다른 말로 표현하면 '인간의 근원은 하나이기 때문에 악한 사람과 선한 사람을 나눌 수 없다. 만약 나눌 수 있다면 자신을 반으로 나누는 것과 같다'고 할 수 있다.

공자는 『논어(論語)』에서 다음과 같이 말한다.

"세 사람이 길을 가면 그중에도 반드시 스승은 있다."

三人行 必有我師焉

세 사람은 사회를 형성하는 가장 작은 단위라고 할 수 있다. 세 사람이 인생이라는 길을 걸어간다면 그중에 한 사람은 자신이고 나머지 두 사람은 스승이다. 두 사람의 언행을 통해 좋은 점은 본받고 나쁜 점은 개선할 수 있기 때문이다. 나쁜 일을 한 사람도 그것을 경계로 삼게 한다는 점에서 스승이라고 할 수 있다. 이렇게 스승은 가까이 있기 때문에 먼 길을 떠나 고명한 스승을 방문하지 않아도 된다. 『노자』나 『논어』 모두 인간의 교만함을 스스로 경계하도록 가르치고 있다.

성공하고 나면 인격이 바뀌기나 하는 듯이 오만하게 변하는 사람이 있다. 그런 사람에게는 스승이라고 할 만한 사람이 없고 옆에서 진실로 충고해 줄 친구도 남아 있지 않을 것이다. 자신만이 그 사실을 눈치 채지 못하고 갈수록 인간미를 잃어가는 것이다.

『역경(易經)』에서는 다음과 같이 말한다.

"하늘로 올라간 용도 언젠가는 후회할 날이 온다."

亢龍有悔

이는 영달을 다한 자는 더 이상 오를 수 있는 길이 없고 쇠퇴할 수 있으므로 삼가라는 뜻이다.

이렇듯 중국 고전은 우리에게 스스로 경계로 삼을 만한 명언을 제시하고 있다.

신은 땅보다 무겁고,
예는 몸보다 높다

信重於地 禮尊於身
『春秋繁露(춘추번로)』

‘동련(同輦)을 사양한다’는 고사가 있다. 한(漢) 성제(成帝) 때 반첩여(班婕妤)라는 미모의 후궁이 있었다. 하루는 성제가 정원에서 놀다가 반첩여와 같은 수레[人力車]에 타려고 했다. 그녀는 이렇게 말하면서 같은 수레에 오르기를 사양했다.

"오래된 그림을 보면 성군 옆에는 모두 명신이 있으나 하, 은, 주의 마지막 군주 옆에는 여자가 있습니다. 지금 수레에 오르면 그와 똑같지 않겠습니까."

성제는 기꺼이 반첩여의 뜻을 존중했고, 그 일을 전해 들은 태후는 그녀를 기특하게 여겼다고 한다.

『몽구(蒙求)』에는 또한 다음과 같은 이야기가 전한다.

"타인의 질투는 조심해도 끝이 없다."

천재적인 전술가 손빈(孫臏)은 그의 재능을 시기한 친구 방연(龐涓)에 의해 발이 잘리는 형을 받는 화를 당했다. 그리고 두뇌가 명석하고 미래를 내다보는 재주가 있던 한비자도 친구 이사(李斯)에게 시기를 사 독살되었다.

『열자』에서 사람은 세 종류의 원한이 있다고 한다. 이는 호구(孤丘) 지방에 사는 한 영감이 초(楚)의 재상인 손숙오(孫叔敖)에게 말한 내용이다.

첫째, 사람은 직위가 높은 사람을 투기한다.
둘째, 임금은 벼슬이 높은 사람을 미워한다.
셋째, 녹을 많이 받는 사람은 세인의 원망을 듣는다.

손숙오는 이 말을 듣고 원한을 피할 수 있는 해결책을 생각했다.

첫째, 직위가 올라갈수록 뜻을 낮춘다.

둘째, 벼슬이 높아질수록 마음을 작게 가진다.

셋째, 녹이 많아질수록 넓게 베푼다.

손숙오는 이를 명심하고 초의 재상으로서 대임을 다했다.

세월이 흐르고 병이 든 손숙오는 아들에게 다음과 같이 유언했다.

"임금께서 여러 번 나를 제후로 봉(封)하려 했지만 그때마다 내가 받지 않았느니라. 내가 죽으면 임금께서는 분명 네게 땅을 봉해주실 것인즉 절대 받지 말아라. 다만 침구라는 지방이 있는데 이곳은 이롭지도 않고 명성이 아주 나쁘니 그 땅만 받거라."

손숙오가 죽자 임금은 과연 기름 지고 아름다운 지방을 그의 아들에게 분봉하려 했으나 그의 아들은 부친의 유언대로 이를 사양하고 침구 지방을 받았다.

다른 사람은 이를 의아하게 여겼지만 얼마 뒤 일어난 전쟁에서 침구 지방만은 화를 피할 수 있었다.

손숙오는 살아 있을 때도 훌륭했지만 죽은 뒤에도 훌륭한 인

격이 전해졌다. 이처럼 인생의 달인은 사후에도 지혜가 살아 숨
쉬어 전해진다.

그렇다면 손숙오와 같은 인생의 달인이 되려면 어떻게 해야
할까? 바로 '신(信)'과 '예(禮)'를 지켜야 한다.

다음은 『춘추번로』에 나오는 말이다.

"신은 땅보다 무겁고, 예는 몸보다 높다."
信重於地 禮尊於身

『논어』에 따르면 '신(信)'은 신뢰와 신용을 뜻하는데 한자를
자세히 보면 알 수 있듯이 말의 정확함, 즉 말의 신용을 말한다.
'예(禮)'는 예의를 말하는데 여기서는 인생을 살아가는 법칙이
라고 해석한다. 신용은 하루아침에 잃을 수 있지만 다시 회복하
려면 엄청난 세월이 걸린다.

'신(信)'을 적극적으로 해석하면 신용을 만들어간다는 뜻으
로도 볼 수 있고, 소극적으로 해석하면 근신한다는 의미도 있
다. '예(禮)' 또한 양면성이 있어 소극적인 의미로는 타인과의
조화를 위해 필요하지만 오히려 활력을 주는 역할을 하기도 한
다.

이런 의미에서 반첩여는 단 한 마디의 말로 동시에 한 제실(帝室)의 '신(信)'과 자신의 '예(禮)'를 지켰다는 점에서 더욱 훌륭하다.

인간만사 새옹지마

人間萬事 塞翁之馬
『회남자(淮南子)』

『회남자(淮南子)』 하면 '새옹지마'를 떠올릴 정도로 이 구절
은 유명한 말이다. 그러나 '인간만사 새옹지마(人間萬事 塞翁之
馬)'라는 말은 후세 사람이 만든 말로 정작 『회남자』에는 나오
지 않는다.

여기서 새옹이란 북쪽 국경에 사는 늙은이란 뜻이다.

북쪽 국경 근방에 점을 잘 치는 늙은이가 살았는데 하루는 그
가 기르는 말이 아무런 까닭도 없이 도망쳐 오랑캐가 사는 국경

너머로 가버렸다. 마을 사람들이 위로하고 동정하자 늙은이는 '이것이 또 무슨 복이 될는지 알겠소' 라고 말하면서 조금도 낙심하지 않았다.

몇 달 후 뜻밖에도 도망갔던 말이 오랑캐의 좋은 말을 한 필 끌고 돌아오자 마을 사람들이 이 일을 축하하였다. 그러자 그 늙은이는 '이것이 또 무슨 화가 될는지 알겠소' 하면서 조금도 기뻐하지 않았다.

그런데 말 타기를 좋아하던 늙은이의 아들이 그 말을 타고 달리다가 말에서 떨어져 다리가 부러졌다. 마을 사람들이 이 일을 위로하자 늙은이는 '이것이 혹시 복이 될는지 누가 알겠소' 하고 태연한 표정을 지었다.

그 일이 있고 1년이 지난 후 오랑캐가 대거 쳐들어왔다. 장정들이 활을 들고 싸움터에 나가 모두 전사하였는데 늙은이의 아들은 다리가 불편해 무사할 수 있었다.

평생 순풍에 돛 단 듯 사는 사람은 한 명도 없다. 인생을 살다 보면 일이 척척 진행될 때도 있지만 아무리 열심히 노력해도 좋은 결과가 나오지 않을 때도 있다.

인생의 밑바닥에 떨어졌을 때 '어떻게 하면 좋을까' 하고 고

민하는 것처럼 일이 잘 풀릴 때도 항상 겸허한 자세로 고민해야
한다.

한편 지금 어려운 시기를 겪고 있는 사람에게 용기를 주기 위
해 『채근담』에 실린 한 구절을 소개한다.

"쇠퇴하는 모습은 번성 속에 있고, 번성하는 움직임은 영락
속에 있다."

衰颯的景象 就在盛滿中 發生的機緘 卽在零落內

인생이나 사업은 전성기일 때 이미 쇠퇴함을 품고, 삶의 밑바
닥에 있을 때 다시 출발할 수 있다는 의미다. '좋은 일은 나쁜 일
의 시작이고, 나쁜 일은 좋은 일의 시작이다'라고 생각하면 틀림
없다.

먼 곳을 돌아보지 말고, 가까이 대신할 수 있는 곳을 찾아라

所監不遠視邇所代
『대대례(大戴禮)』

기업의 경영자는 편히 쉴 틈 없이 항상 보고, 듣고, 고민해야 한다. 생각이 막힐 때는 밤중에도 벌떡 일어나 아무거나 손에 닿는 대로 읽다가 '이거다' 하는 말이 있으면 그제야 안심하고 잠을 청하기도 한다.

『맹자』에는 다음과 같은 말이 나온다.

"가까이 있으면서 뜻이 심원한 것이 좋은 말이다."

言近而指遠者 善言也

즉, 알기 쉽고 실제에 가까우면서 그 속에 깊고 원대한 뜻이 함축되어 있는 것이 좋은 말이라는 뜻이다. 이는 다음 구절로 이어진다.

"핵심이 간결하고 넓게 베풀어 적용되는 것이 좋은 도리다."

守約而施博者 善道也

『맹자』에서는 일을 시작할 때 우선 가까운 데서 찾아보라는 방법론을 제시하고 있다. 너무 멀리서 구하면 빠져나올 수 없는 미로에 빠지고 만다. 우리는 손 밑이나 발 아래에 있는 것은 무심코 간과한다.

주 나라의 무왕(武王)은 천하를 다스리고 국가를 운영하는 데 고민이 많았다. 주 왕조를 세운 지 얼마 되지 않아 사건의 시비를 가리는 데 너무 바빠 정신이 없을 정도였다. 그래서 무왕은 여러 군신을 모아 물었다.

"만세에도 통하고 자손을 훈계할 만한 좋은 말이 없는가."

"들은 적이 없습니다."

군신은 그렇게 대답했다.

무왕은 며칠 뒤에 태공망(太公望)을 초대해 이렇게 물었다.

"태고의 왕들이 정치를 어떻게 실시했는지에 대해 기록한 문헌이 남아 있는가?"

태공망이 대답했다.

"있습니다. 왕께서 궁금하시다면 먼저 재계(齋戒)하십시오."

무왕은 그의 말대로 삼 일 동안 덜 익은 것은 먹지 않고, 의복을 갖추고 태공망이 오기를 기다렸다. 이윽고 태공망이 와서 옛 성왕의 가르침을 말하자 무왕은 그 말을 놓칠세라 재빨리 가까이 있는 곳에 경계로 삼을 말을 새겼다. 그러다 보니 책상, 거울, 손 닦는 사발, 집의 기둥, 베개, 띠, 구두, 식기, 문, 창문, 검, 활, 창에까지 온갖 물건에 글을 새겼다.

"먼 곳을 돌아보지 말고 가까이 대신할 수 있는 곳을 찾아라."

所監不遠 視邇所代

이 구절은 책상에 새긴 네 구절의 하나로 『대대례』에 전한다.

여기에서 '감(監)'은 세 가지 의미로 쓰이는데 '위에서 보다', '감독하다', '경계로 삼는다' 는 뜻이다. '이(邇)' 는 오늘날의 '근(近)' 의 의미와 같이 가깝다는 뜻이고, '시(視)' 는 응시한다는 의미다. 이 구절은 사람마다 다양한 해석이 가능하기 때문에 명구절이라 할 만하다.

우선 '감(監)' 을 '위에서 보다' 는 의미로 해석하면 이런 뜻으로 볼 수 있다. 조직의 수장은 시선을 아래로 내려 사람과 시기의 변화를 잘 살피라는 충고다. 조직의 정점에 있다 보면 자신의 입맛에 맞는 정보만 들어오기 마련이다. 경영이 악화되어도 그 회사의 사장만 모른다는 우스갯소리가 있듯이 실제로 그런 일이 자주 벌어진다.

『여씨춘추』에서는 그런 모습을 '연작처옥(燕雀處屋)' 이라고 표현하는데 집이 불타고 있는 데도 모른 채 처마에 있는 제비나 참새의 느긋한 모양을 빗댄 말이다.

한편 '원(遠)' 과 '근(近)' 을 시간으로 해석하면 이런 의미도 된다.

"너무 멀리 보지 말고 눈앞에서 벌어지는 시세의 변화에 주목하라."

일본의 유명한 사업가인 고바야시 이치조(小林一三)의 수필 집에는 오늘날에도 적용할 수 있는 놀라운 선견의 글이 실려 있다.

백 보 앞을 보는 사람은 미친 사람으로 취급받는다.

오 십 보 앞을 보는 사람은 대부분 희생자가 된다.

열 보 앞을 보는 사람은 성공한다.

현재를 보지 못하는 사람은 낙오자가 된다.

옛일에 얽매이지 않고
나부터 표본이 될 만한
예를 만들어낸다

自我作古
『송사(宋史)』

전에 이토 하지메(伊藤肇)의 『말의 동전지갑(はなしの小錢入れ)』을 읽고 충격을 받은 적이 있다. 나고야 철도의 다케다 고타로(竹田弘太郎) 회장은 밤에 이부자리에 들어 천장에 붙여놓은 중국 지도를 쌍안경으로 보는 것이 낙이라고 한다. 그는 한시에 조예가 깊어 그 지도를 보면서 어느 장소에서, 어떤 시를, 어떤 시인이 읊었는지 맞췄다고 한다.

하루는 이누야마(犬山)에 있는 오다 우라쿠사이(織田有樂)의

다실인 국보 여암(如庵)을 보러 가려고 혼자 전차에 오르는데 문득 이런 생각이 났다.

'중국에 시집이 수도 없이 많지만 『시경』을 능가하는 것은 없구나.'

그러한 『시경』에 다음과 같은 구절이 있다.

사람이 하나는 알되
다른 뜻은 알지 못하는구나
人知其一
莫知其他

이 구절은 사람은 눈앞에 있는 것만 본다는 뜻으로 지금 하는 일이 순조로우면 미래를 낙관적으로 보게 된다. 그러나 그렇게 느긋한 태도로 세운 계획에는 냉철함이 부족하다.

십 년을 단위로 보아도 변하지 않는 것이 진리인데 백 년, 천 년의 역사를 돌아볼 때 번영한 것도 언젠가는 쇠퇴하게 된다. 그 원칙에서 어떻게 자신만이 비켜설 수 있을까. 지금 국내 제일 혹은 세계 제일의 기업이라도 방심하면 안 된다.

"옛일에 얽매이지 않고 나부터 표본이 될 만한 예를 만들어
낸다."

自我作古

이는 『송사』에 나오는 구절로 과거는 뒤에 있는 것이 아니라
자신이 만드는 것이므로 끊임없이 자신이나 조직을 혁신해야 한
다는 뜻이다. 그런 다음에야 새로운 현재가 있을 수 있다. 사람
이나 조직은 혁신하지 않으면 그 순간부터 낡아진다.

인간과 마찬가지로 기업에 수명이 있다면 기업은 천수를 다
해야 한다. 『여씨춘추』에서는 천수를 다하는 사람을 가리켜 '진
인(眞人)'이라고 한다. 기업도 이렇게 '진인'이 되어야 한다.
그러면 '진인'에 대해 조금 더 자세히 살펴보자.

상(商)의 탕왕(湯王)이 재상 이윤(伊尹)에게 물었다.
"천하를 얻으려면 어떻게 해야 하는가?"
이윤은 대답했다.
"천하를 얻으려면 천하는 손에 넣을 수 없습니다. 먼저 자신
을 얻어야 합니다."
『여씨춘추』에서는 이러한 설명을 덧붙인다.

"모든 것의 근원은 먼저 자신을 다스리는 것이다. 즉, 자신을 사랑하는 것이다. 새로운 기운을 이용하고 낡은 기운은 버려야 한다. 몸에서 좋은 기운과 나쁜 기운을 순환시켜야 한다. 좋은 기운[精氣]은 날마다 새롭게 하고, 나쁜 기운[邪氣]은 모두 배출시키면 천수를 다할 수 있다. 이러한 사람을 진인이라고 한다."

결국 새로운 기운은 흡수하고 낡은 기운은 토해야 한다는 뜻이다. 그러나 실제로 기업에서 이를 실천하기란 상당히 어렵다.

검소함에서 사치스럽게
되기는 쉽고,
사치스러운 것에서
검소해지기는 어렵다

由儉入奢易 由奢入儉難
『소학(小學)』

『논어』에는 임방(林放)이라는 사람이 공자에게 예(禮)의 근본에 대해 질문하는 이야기가 나온다. 이렇게 유교의 핵심에 관한 질문을 던질 수 있는 사람은 우수한 제자와 국정에 책임이 있는 군주나 귀족뿐이다.

아마도 『논어』에 실려 있는 공자의 한마디 한마디는 제자에게 상당히 귀중한 말이었음에 틀림없다. 그는 '아, 드디어 스승님의 가르침을 들었다' 하며 기뻐했을 것이다.

그러면 처음 이야기로 돌아가 임방에게 예의 근본에 관한 질문을 받은 공자는 잠시 뜸을 들인 후 다음과 같이 말했다.

"예는 사치하는 것이 아니라 검소한 것을 말한다."

사치한다는 말은 무한히 낭비를 한다는 의미가 아니라 알기 쉽게 설명하자면 현재 생활의 규모나 정도를 감안할 때 '최대로 가능한 수준이 사치고 최소한의 수준이 검소'라고 할 수 있지 않을까. 결국 양쪽 모두 범위가 유한하다.

공자라는 인물은 결코 '불가능'한 일을 '가능'하게 하라고 가르치는 사람이 아니다. 사회생활을 영위하는 개인으로서 가능한 범위에서 가장 좋은 방법에 관한 가르침을 준다.

우리는 스스로 알지 못하는 사이에 타성에 젖어 살아간다. 오늘은 어제의 연속이고, 내일은 오늘의 연속이다. 단조로운 생활 속에서 흐름을 놓치지 않는 것은 대단히 어려운 일이다. 그러나 흐름을 놓치고 정체되는 것은 무서운 일이며 정체는 바로 마음이 죽은 상태를 의미한다.

정체되지 않으려면 생활양식을 바꾸거나 의식 변화를 추구하고 스스로 활발하게 움직여야 한다. 『소학』에서는 다음과 같이 말한다.

"검소함에서 사치스럽게 되기는 쉽고, 사치스러운 것에서 검소해지기는 어렵다."

由儉入奢易 由奢入儉難

　이 말은 일단 생활의 수준을 높이면 원래대로 돌아가거나 낮추기 어렵다는 말이다. 사치를 할 때는 생활의 규모나 양식을 바꾸는 일뿐 아니라 그에 맞춰 의식도 높은 수준으로 끌어올려야 한다.

　그와 반대로 검소하게 살려면 강한 의지와 자제심이 필요하다. 그러한 의지와 자제심은 사회인이 행복을 추구하는 자세에서 필요한 덕목이라고 할 수 있다.

마음으로 사람을 통솔하려고 하면 스승이 필요하고,
힘으로 사람을 통솔하려고 하면 친구가 필요하다.

3

인간관계,
인맥을 활용하기 위한 고전

군자는 옛 성현의 말과 행동을 많이 알아
덕을 쌓는다.
君子以多識前言往行 以畜其德 『역경(易經)』

계획은 은밀히 진행해야 성공하고,
모의는 누설되면 실패한다.
事以密成 語以泄敗 『한비자(韓非子)』

진짜 용을 좋아했던 것이 아니라 용과 비슷하나
실제로는 용이 아닌 것을 좋아했던 것이다.
是葉公非好龍也 好夫似龍而非龍者也 『신서(新序)』

뜻은 가득 채우지 말고, 즐거움은 지나치게 얻지 말라.
志不可滿 樂不可極 『예기(禮記)』

멀리서 명마를 찾느라고
가까운 마을에 있는 줄을 모른다.
遠求駃驥 不知近在東隣 『진서(晉書)』

조화는 실로 만물을 생성하고,
동화는 지속되지 못한다.
和實生物 同則不繼 『국어(國語)』

다른 사람에게 피해를 당해도
나는 피해를 주지 않는다.
寧人負我 無我負人 『삼사충고(三事忠告)』

우산을 기울여 말하다.
傾蓋而語 『공자가어(孔子家語)』

군자는 옛 성현의 말과 행동을
많이 알아 덕을 쌓는다

君子以多識前言往行 以畜其德
『역경(易經)』

중국 고전에서는 '군자(君子)'라는 개념을 자주 사용한다.

"군자는 표범처럼 바뀐다."
君子豹變 『역경』

이는 자기 잘못을 고쳐 선으로 바꾸는 데 신속하다는 뜻이다.

"군자는 그릇과 같이 자기를 고정하지 않는다."

君子不器『논어』

"군자는 마음을 닦는 일에 애쓰고, 소인은 힘을 기르는 일
에 애쓴다. 『맹자』

이와 같이 군자에 대한 구절이 많은데 군자는 인격에 품위가
있고 학덕이 높은 사람을 말한다.

"군자는 옛 성현의 말과 행동을 많이 알아 덕을 쌓는다."
君子以多識前言往行 以畜其德

위 구절에서 '전언왕행(前言往行)'은 옛날 성현의 언행을 말
한다. '식(識)'은 원래 땅 위에 작은 나뭇가지를 세우고 기를 꽂
아 표시한다는 의미다. '축(畜)'은 쌓는다는 뜻으로 옛날에는
실을 염색하는 것을 축이라고 했다. 오늘날 이 글자는 '축(蓄)'
자의 의미로 쓰인다.

이 말은 온축(蘊蓄), 즉 오랜 연구로 학문이나 지식을 많이 쌓
아야 한다는 뜻으로 『역경』의 '대축(大畜)'편에 나온 말이다.

여기에서 '언행(言行)'은 말할 것도 없이 말과 행동을 뜻하는

데 중국인은 전통적으로 사람을 판단할 때 언행을 기준으로 삼았다. 잘난 척 말해도 행동이 그에 걸맞지 않으면 그 사람을 인정하지 않았다. 어떤 나라에서든 사람이 신용을 얻으려면 언행을 일치시켜야 한다는 점을 명심하면 도움이 될 것이다.

공자의 우수한 제자인 자공(子貢)이 공자에게 이러한 질문을 했다.

"군자란 무엇입니까?"

그러자 공자는 다음과 같이 대답했다.

"먼저 하고자 하는 일을 행한 후에 말을 하는 사람이 군자다."

先行其言 以後從之

말하자면 '언행 일치'를 강조하는 말로 말보다 먼저 손발을 움직이라는 뜻이다. 이런 태도로 생활하다 보면 다른 사람에게 저절로 인정받을 것이다.

『역경』은 상당히 오래된 책이다. 옛날 사람들은 전쟁 전이나 인생의 기로에 놓였을 때 가는 막대기 50자루를 준비해서 그중 하나를 뺀 나머지 49개의 막대기를 좌우로 펼쳐 길흉을 점쳤다.

‘대축(大畜)’의 ‘축(畜)’은 ‘멈추다’라는 뜻으로도 쓰인다. 『역경』에서는 멈춰야 하는 곳에 멈추면 올바른 덕이 쌓이고 그 덕이 빛을 발한다고 말한다.

일본에서는 메이지(明治) 시절부터 중국과 일본 고전을 내팽개치고 서구 문명을 숭배하기 시작했다. 두 번의 큰 전쟁을 겪는 와중에도 그러한 풍조는 계속 이어져 오늘날에는 서구 문명이 중심이 되었다.

그런데 어느 순간부터 사람들은 서구 문명의 풍요로움 속에 가려진 그늘을 돌아보고 문득 자신의 발 밑을 쳐다보기 시작했다. 중국 고전을 읽는 사람이 갑자기 증가한 것도 그런 흐름의 표현이다. 이를테면 멈춰야 할 곳에 멈추기 시작했다고 할 수 있는데 다른 말로 하면 자신의 삶에 진실한 의미를 돌아보게 된 것이다. 참된 교양은 이러한 반성에서 시작한다.

‘교양이 실생활에서 무슨 도움이 되는가.’

여전히 이렇게 반문하는 사람도 있을 것이다. 확실히 교양은 망치나 지렛대가 아니어서 못을 박거나 물건을 움직이는 데 아무 도움이 되지 않는다. 그런 점에서 공자는 ‘군자는 그릇이 아니다’라고 했다. 즉, 학문은 도구가 아니라는 뜻이다.

교양을 쌓는 일이 전혀 쓸모없는 것일 리 없다. 『안씨가훈(顔氏家訓)』의 저자 안지추(顔之推)는 전란으로 황폐한 시대에 태어나 망국의 비애를 통감한 인물이었다.

안지추가 고향을 떠나 이국 땅으로 건너가니 그전까지 군인이나 관리로 지내면서 잘난 척하던 사람도 모두 그와 똑같은 처지가 되었다. 다만 조금이라도 학문을 한 사람만이 '선생'으로 존경받는 것을 보고 그는 학문을 좀 더 해두었으면 좋았을 걸 하고 후회했다.

그는 이렇게 이야기했다.

"늙어서 공부하는 것은 손전등을 들고 어두운 곳을 걷는 것과 같다. 그러나 눈을 감은 채 사물을 보려고 하지 않는 사람보다는 훨씬 현명하다."

『안씨가훈』에는 다음과 같은 재미있는 이야기도 나온다.

후한(後漢)의 영제(靈帝)가 궁전 기둥에 '당당호장경조전랑(堂堂乎張京兆田郎)'이라는 어구를 새겨 넣었는데 이를 본 사람이 이렇게 말했다.

"이는 당시 장경조(張京兆)와 전랑(田郎)이라는 두 사람이 모두 당당했다는 뜻이다."

안지추는 그만 웃음을 터뜨렸지만 이내 멈추고 이렇게 말했다.

"이는 『논어』에 나오는 구절로 당당호장(堂堂乎張)은 당당한 모습을 뜻하며 증자(曾子)가 용모가 뛰어난 자장(子張)을 칭찬할 때 사용한 어휘입니다. 경조(京兆)는 지명이고, 전랑(田郞)은 전봉(田鳳)을 의미하는데 이 사람이 상서랑(尙書郞)을 지냈으므로 전랑(田郞)이라고 한 것입니다. 즉, 이 구절의 뜻은 영제가 전봉의 용모를 자장의 용모에 빗대 칭찬한 것입니다."

앞에서 설명한 남자는 흠칫하면서 당황한 기색을 감출 수 없었다. 이처럼 중국인도 공부를 하지 않으면 한문이라도 뜻을 이해하지 못한다.

아는 척하다가 틀렸을 때만큼 보기 흉한 것은 없다. 일반적으로 윗사람은 '모른다'고 말하기를 두려워한다. 그러나 모르는 문제는 아랫사람에게라도 솔직하게 물어봐야 한다. 그들 중에 '이런 것도 몰라' 하며 속으로 무시하는 사람이 있을지도 모르지만 대부분은 그런 일을 겪으면서 오히려 윗사람을 신뢰하게 된다.

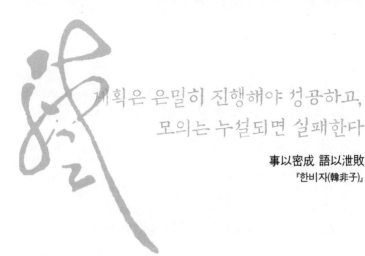

계획은 은밀히 진행해야 성공하고,
모의는 누설되면 실패한다

事以密成 語以泄敗
『한비자(韓非子)』

'사(事)'는 사물 혹은 계획이라고 보면 되는데 '유사시에는…'과 같이 쓰일 때 '사(事)'는 무력 행사와 같은 사변을 가리키기도 한다. 여기서는 굳이 '군사'라고 해석할 필요는 없다.

'밀(密)'은 은밀하다는 뜻이고, '어(語)'는 말을 의미하는데 조금 덧붙이면 '모의'를 말한다. '설(泄)'은 샌다는 의미다.

위의 구절은 『한비자』의 '세난편(說難篇)'에 나오는 말이다.

세난(說難)이란 군주를 설득하기 어렵다는 뜻인데 이는 오늘날도 마찬가지다. 경영자와 마주치는 위치에 있는 사람은 모든 일을 자세히 알아야 하므로 다른 사람보다 두 배는 피곤하다. 한비자는 그런 이들에게 충고한다.

비밀은 당연히 지켜야 한다. 자기가 중대한 일을 은밀히 꾸미고 있다면 다른 사람에게 그 내용이 새어나가지 않게 해야 하고, 심지어는 친형제에게도 비밀을 누설하면 안 된다. 어렵게 지키다가도 '이제는 괜찮겠지' 하고 방심하는 순간 모든 비극이 시작된다. 가령 부인처럼 가까운 사람에게 이렇게 넌지시 농담을 내뱉는 것이다.

"이 일이 성공하면 세상이 깜짝 놀랄 거야."

물론 부인은 비밀을 누설할 생각이 없어도 마음을 터놓고 지내는 친구나 가족에게 넌지시 남편 자랑을 할 수 있다. 그렇게 비밀은 풍문이 되어 떠돌다 세상에 알려져 결국 모든 일이 물거품될 수도 있다.

『좌전(左傳)』에는 부인에게 비밀을 누설하여 결국 죽임을 당한 남자의 이야기가 나온다.

정(鄭) 나라에서 제중(祭仲)이라는 대신이 정사를 마음대로

했다. 당연히 군주인 여공(厲公)은 근심하다가 제중의 사위인 옹규(雍糾)에게 제중을 죽일 것을 명했다.

집에 돌아온 옹규가 안절부절못하자 아내인 옹희(雍姬)는 이상한 기분이 들어 남편을 추궁했다. 옹규는 고민하다 결국 부인에게 암살 명령을 발설했다. 아마도 '부인은 내 편일 것이다'라는 믿음이 있었을 것이다.

놀란 옹희는 생각해 보았다.

'남편이 아버지를 죽이면 나는 아버지를 잃을 거야. 아버지에게 이 사실을 고하면 아버지는 남편을 죽일지도 몰라.'

어쨌든 옹희는 가장 절친한 사람 중에 한 사람을 잃게 된다. 고민 끝에 어머니에게 이렇게 물었다.

"아버지와 남편 중에서 누가 더 소중합니까?"

어머니가 말하기를,

"남편이 될 사람은 많으나 아버지는 한 명뿐이다. 어찌 남편과 비교할 수 있겠는가?"

이에 옹희가 아버지에게 언행을 주의할 것을 당부하자 눈치를 챈 제중은 옹규를 죽이고 그 시체를 버렸다. 정 나라 군주 여공은 그 시체를 수레에 싣고 도성을 나가며 이렇게 말했다.

"모사(謀事)를 아내에게 알렸으니 죽은 것은 마땅한 일이다."

이처럼 비밀을 철저히 지키는 것은 자신의 생명을 지키는 일과도 같다.

한비자는 여러 사례를 통해 비밀을 누설하는 일이 사람을 얼마나 큰 위험에 빠뜨리는지 보여주는데 이 상황을 현대에 맞게 바꿔보면 다음과 같다.

만약 직원이 사장의 비밀을 알고 있다고 치자. 그런데 자신의 입으로 비밀을 누설하려는 의도가 없어도 자연스럽게 비밀이 샐 수 있다. 비밀이 누설되었다면 이미 위험한 상황이라고 할 수 있다.

한편 이런 경우도 있을 것이다. 사장이 어떤 명령을 내렸을 때 거기에 다른 목적이 있다는 것을 눈치 챘다 해도 절대 발설해선 안 된다. 한비자는 이러한 이야기를 예로 든다.

정(鄭) 나라의 주군인 무공(武公)은 호(胡)를 정벌하고 싶었다. 그래서 우선 자기 딸을 호 임금의 아내로 주어 그의 마음을 기쁘게 하고는 여러 신하에게 물었다.

"내가 전쟁을 하려 하는데 어느 나라를 공격하는 것이 좋겠는가."

대부 관기사(關其思)가 대답했다.

"호를 치는 것이 좋겠습니다."

무공은 몹시 화를 내며

"호는 우리와 형제다. 네 어찌 형제의 나라를 치라고 하느
냐."

하고 관기사를 죽여 버렸다.

호의 임금은 그 말을 전해 듣고 무공이 자기를 친애한다고 생
각하고 정 나라에 대한 경계를 풀었다. 그러자 정 나라가 이 틈
을 타 호를 습격하여 빼앗아 버렸다.

한비자는 관기사의 죽음을 다음과 같이 말한다.

"사물의 진상을 아는 일은 어렵지 않지만 안 다음에 어떻게
처리할 것인가가 더 중요하다는 의미다."

한비자의 충고는 계속된다.

만약 사장이 당신의 제안을 수용했는데 다른 직원이 그 내용
을 눈치 채고 다른 사람에게 누설했다고 하자. 그때 정작 사장은
다름 아닌 당신을 의심하게 되어 있다. 이처럼 살다 보면 노력한
것에 비해 보람이 없을 때도 있다.

또한 사장의 신임을 얻지 못한 사람은 좋은 기획으로 훌륭한 성과를 거두어도 인정받지 못하거나 오히려 사소한 결점으로 모든 잘못을 뒤집어쓰기도 한다. 사내에서 자신의 위치와 사장의 신뢰도를 다시 한 번 냉정하게 확인할 필요가 있다.

한비자는 경영자와 대화할 때 나타나는 특징을 다음과 같이 분류했다.

첫째, 자세한 설명을 생략하고 말한다. 이런 사람은 지혜롭지 못하면 대화 대상에서 제외된다.

둘째, 세간의 자질구레한 이야기를 한다. 그 이야기가 단순한 사실에 지나지 않으면 가벼워 보인다.

셋째, 대의만을 강조한다. 이런 사람은 겁이 많다는 평가를 받는다.

넷째, 규모가 큰 이야기를 제기한다. 교양이 없고 오만하다는 평가를 받는다.

이처럼 경영자와 대화하는 일은 참으로 어려운 문제인데 과연 해결책이 없을까.

한비자는 사람을 설득할 때 주의할 점을 다음과 같이 말한다.

"상대방이 자랑으로 여기는 것을 아름답게 꾸며주고, 부끄러워하는 일은 감춰줄 줄 알아야 한다."

진짜 용을 좋아했던 것이 아니라
용과 비슷하나
실제로는 용이 아닌 것을
좋아했던 것이다

是葉公非好龍也 好夫似龍而非龍者也
『신서(新序)』

'섭(葉)'은 지방의 이름으로 '섭공(葉公)'은 섭 지방의 장관을 말한다. 섭공의 자는 '자고(子高)'이고 이름은 심제량(沈諸梁)으로 그는 초 나라에서 명성이 높았다. 그는 공자를 불러 문답을 나눈 일로 『논어』에 이름이 전해진다.

섭공이 공자에게 질문했다.
"정치란 무엇입니까?"
공자는 간결하게 대답했다.

"가까운 곳에 사는 사람이 즐거워해야 먼 곳에 있는 사람도 찾아옵니다 近者說 遠者來. 그것이 정치입니다."

이 대답이 섭공의 정치를 비판할 마음에서 한 말이 아니라는 것은 『논어』의 다른 이야기를 보면 알 수 있다.

"덕이 있는 정치를 하면 북극성이 고정되어 모든 별이 둘러싸면서 움직이는 것처럼 잘 진행된다."

두 문장 모두 올바른 정치는 흡인력이 있다는 기본적인 개념은 거의 비슷하다.

"섭공이 용을 좋아하는 것과 같다."

葉公子高 好龍

이는 『신서』에 나온 구절로 섭공이 군자인 척하는 모습을 비웃는 말에서 유래되었다.

섭공(葉公)은 용을 매우 좋아하여 용을 새긴 나무를 걸어두고 집 안의 여기저기에 온통 용을 새겼다. 마침내 섭공이 용을 좋아한다는 사실이 하늘에 살던 진짜 용에게까지 전해졌다. 용은 땅에 내려와 섭공의 집 창문에 머리를 밀어 넣고, 꼬리는 대청에 늘여뜨려 놓은 채 집 안을 둘러보았다.

섭공은 용을 보더니 창백한 얼굴로 혼비백산하여 도망치고 말았다. 섭공은 이처럼 진짜 용을 좋아했던 것이 아니라 용과 비슷한 것을 좋아한 것이다.

『신서』에 섭공 이야기와 비슷한 이야기가 하나 더 있어 소개한다.

공자의 제자인 자장(子張)이 노(魯)의 애공(哀公)에게 면회를 요청했다. 그러나 7일이 지나도 그는 자장을 만나주지 않았다. 화가 난 자장은 애공에게 전갈을 쓰고 돌아갔는데 그 내용은 다음과 같았다.

"나는 당신이 뛰어난 인물을 좋아한다고 들어 멀리서 찾아왔는데 당신은 7일이 지나도 만나주지 않았습니다. 그렇다면 당신이 뛰어난 인물을 좋아하는 것은 섭공이 용을 좋아하는 것과 비슷하다고 할 수 있습니다. 즉, 당신은 뛰어난 인물을 좋아하는 것이 아니라 뛰어난 인물과 비슷한 자나 뛰어난 인물이 아닌 자를 좋아하는 것입니다."

통렬한 보복이다.

노 나라의 애공은 평판이 나쁜데 이러한 이야기도 전해진다. 공자의 사거에 애공(哀公)이 조사(弔辭)를 하자 공자의 제자들이 분개하며 이렇게 말했다.

"스승이 죽은 것이 그렇게 슬프다면 왜 생전에 선생을 등용하지 않았는가."

유교에서는 마음에서 우러나오지 않는 예는 예라 할 수 없다고 가르친다.

기업은 물론이고 개인도 '은근무례(慇懃無禮)'를 범하는 일은 없어야 한다. 사람은 어딘가에 분명히 결점이 있고, 좀 더 심하게 말하면 이미 썩고 있다 할 수 있다. 역사는 나라가 망할 때 밖이 아니라 안에서 스스로 붕괴한다는 교훈을 준다. 나라도 그러할진대 하물며 일개 기업에서 사장이 섭공이나 애공과 같이 허풍을 떤다는 사실은 바로 그들이 거짓말을 하고 있다는 증거로 그 정도가 심해지면 이렇게 된다.

"문에 양머리를 걸고 안에서는 개고기를 판다."

羊頭狗肉

이는 『안자춘추(晏子春秋)』에 나오는 구절이다.

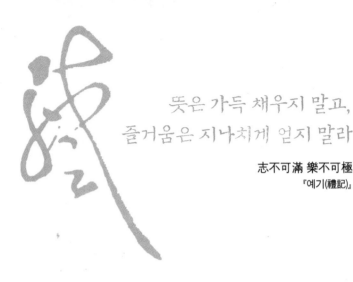

뜻은 가득 채우지 말고,
즐거움은 지나치게 얻지 말라

志不可滿 樂不可極
『예기(禮記)』

이 구절에서 '지(志)' 와 '락(樂)' 은 사람을 어떤 방향으로 이
끄는 힘을 말한다. '지' 는 정신, '락' 은 감성과 관계되는데 둘
다 어떤 이미지로 표현되기도 한다. 예를 들어 '청운의 뜻' 이라
는 말을 많이 사용하는데, 비록 '지' 는 자신의 마음속에 있지만
푸른 구름이 떠오르는 모습으로 묘사하는 것이다.

　요즘 초등학생들은 대학 수험생이 무색할 정도로 열심히 공부
한다. 여름 방학 때는 학원에서 오전, 오후를 보내고 집에 돌아
와도 엄마의 지도 하에 밤늦게까지 책상에서 떠나지 못한다. 날

마다 12시간 이상 공부하지 않으면 원하는 중학교에 들어가지 못한다는 풍문도 들린다.

그렇게 열심히 공부하는 학생들에게 '무엇을 위해 열심히 공부하는가' 하고 질문하면 대부분은 '좋은 대학에 가서 좋은 회사에 들어가려고' 라고 대답한다. 좋은 회사 대신 공무원이라고 대답하는 학생도 있지만 의사나 변호사라고 대답하는 학생은 없다.

만약 그것이 아이의 진짜 의지라면 열심히만 하면 충족될 수 있을 것이다. 그러나 일단 뜻을 이루면 사람은 내면의 성장이 멈춰 버리고 만다. 몸의 생장이 멈춤과 동시에 마음의 성장까지 멈추면 일종의 기형이 된다.

나는 학생들에게 '의지는 그렇게 가까운 곳에 두는 것이 아니다' 라고 말하고 싶다.

지금 아이들은 자신의 의지가 없다. 아이의 의지는 곧 부모의 의지고, 그들은 부모의 의지에 반발하면서도 절반 정도는 받아들인다. 그 반발하는 부분에 다음 세대를 지고 갈 아이들의 진짜 의지가 숨어 있지만 아이들은 그것을 직시할 만한 시간이 없다.

초등학교 때부터 열심히 공부해서 지식을 머리에 가득 채우면 희망하는 좋은 회사에 들어갈 가능성도 그만큼 높아질 것이다.

좋은 회사에 들어간 사실로 이미 그들은 뜻을 이뤘다고 할 수 있다.

그러면 그 아이들이 성인이 되어 회사에 들어가 간부가 되어 기업을 운영한다고 치자. 그런 유형의 사람은 일단 목적을 달성하고 나면 다음과 같은 변화를 겪는다.

첫째, 어렸을 때 누리지 못했던 즐거움을 추구하려고 한다.
둘째, 자신의 진짜 의지를 채우려고 한다.

그러나 둘 다 기업에 도움이 되지 않는다. 또한 그들은 어렸을 때부터 다른 사람에게 이기는 방법만을 배워 협력과 조화를 알지 못한다. 여러 사람과 함께 일을 할 때는 자신의 생각대로만 되지 않는 게 당연한데 그런 일조차 받아들이지 못하는 사람이 많다.

"뜻은 가득 채우지 말고, 즐거움은 지나치게 얻지 말라."
志不可滿 樂不可極

『예기』에 나오는 이 말은 건전한 사회인을 만들기 위한 조건이라고도 할 수 있다.

멀리서 명마를 찾느라고
가까운 마을에 있는 줄을 모른다

遠求騏驥 不知近在東隣
『진서(晉書)』

'기(驥)'는 하루에 천리를 달린다는 말로 '천리마'라고 한다.
따라서 '기기(騏驥)'는 명마를 말한다.

『사기(史記)』에서는 뛰어난 사람 뒤에 붙어 그 덕을 보는 것
을 가리켜 '기미(驥尾)에 붙는다'고 표현한다. 천리마의 꼬리에
붙기만 하면 하루에 천리를 갈 수 있다는 것이다. 지금이나 옛날
이나 출세를 하는 데 가장 빠른 길은 천리마의 꼬리에 붙는 일인
가 보다.

물론 천리마의 꼬리에 붙는 일이 그리 호락호락한 일은 아니

다. 말의 꼬리에 붙으려면 몸과 마음을 아주 가볍게 해 천리마가 성가시게 여기지 않게 해야 한다.

한(漢)이 멸망한 후 진 나라가 세워지기 전 삼국 시대가 있었다. 이 시대는 양상이 복잡하여 정사만 읽어서는 제대로 파악할 수 없는데 『삼국지연의(三國志演義)』를 읽어보면 복잡한 시대를 흥미진진하게 파악할 수 있다.

또 서진(西晉)과 수(隋) 나라 사이의 5호 16국과 남북조 시대도 삼국 시대와 같이 나라 흥망에 변화가 많고 복잡하게 전개되어 한눈에 파악하기가 힘든 것을 볼 수 있다.

풍발(馮跋)은 16국의 하나인 '후연(後燕)'을 무너뜨리고 '북연(北燕)'을 건국한 사람이다. 풍소불(馮素弗)은 풍발 바로 아래 동생으로 그는 형의 충실한 보조 역할을 했는데 젊었을 때는 폭군이었다.

그 즈음 남궁령(南宮令)에 성조(成藻)라는 인물의 명성이 높았다. 소불은 무턱대고 성조를 찾아가 문을 두드렸지만 열리지 않아 억지로 문을 열고 방 안으로 거침없이 들어가 성조 앞에 앉았다.

그 후『진서(晉書)』의 '매일 마시며 이야기했다'는 기록으로 보아 두 사람은 마음이 잘 맞아 의기투합했던 듯하다. 마침내 성조는 소불이 범상치 않은 인물임을 인정하고 이렇게 말했다.

"멀리서 명마를 찾느라고 가까운 마을에 있다는 사실을 알지 못했다."

성조는 좀 더 빨리 소불을 만나지 못한 아쉬움을 이렇게 표현한 것이다.

이와 비슷한 이야기로 『공자가어(孔子家語)』에 나오는 '동가지구(東家之丘)' 라는 구절이 있다.

'구(丘)'는 바로 공자의 본명이다. 공자의 집 근처에 사는 사람이 그의 인물됨을 잘 알지 못하고 공자를 동쪽 집에 사는 '구(丘)' 씨라고 불렀다는 데서 유래된 말이다.

인물의 가치를 꿰뚫는 안목이 있는 사람은 드물다. 직접 만나보지 않고 그 사람을 소문으로만 판단하는 것은 좋지 않다. 그러나 모르는 사람을 찾아가 만나려면 용기가 필요하다.

요즘은 풍소불과 같이 무모하게 면회를 요청하기는 힘들겠지만 일단 궁금하다고 여긴 사람이 있다면 그 사람 집 문을 직접 두드려 보는 용기를 내어보자. 만약 만나는 데 성공했다면 대화를 청할 때 한 가지 사실만은 기억해 두자.

즉, '내게 이러한 의견이 있는데 한번 들어주십시오' 하는 식이 아니라 '당신의 식견을 좀 더 자세히 듣고 싶습니다' 하는 식으로 말해야 한다. 자신의 의견은 나중에 말해도 충분하다. 이 방법을 지키지 않으면 겨우 성사된 만남이라도 별 소득 없이 끝나 버릴 가능성이 크다.

만나려고 시도도 해보지 않고 소개해 주는 사람이 없으면 만나주지 않을 것이라고 지레 걱정하는 사람도 있을 텐데 다시 이야기하지만 한 번 직접 만나기를 시도해 보라.

이와 관련된 『세설신어(世說新語)』에 나오는 재미있는 이야기를 소개하겠다.

후한(後漢) 말경 공자의 자손인 공융(孔融)은 아버지와 함께 낙양(洛陽)으로 갔다. 이때 공융은 겨우 열 살이었다.

낙양에는 이원례(李元禮)라는 명성 높은 인물이 있었다. 그를 존경하는 사람들이 항상 이원례의 집에 북적거렸지만 방 안까지 들어갈 수 있는 사람은 드물었다. 누구라도 방 안으로 들어가면 사람들은 그 사실만으로도 물고기가 용문을 뚫고 용이 됐다고 떠들썩거릴 정도였다. 그의 방 안에 들어갔다는 한 가지 사실로도 훌륭한 인물임을 인정받은 것이다. 이원례의 방은 '등용문(登龍門)' 인 셈이었다.

공융이 무슨 생각을 했는지 혼자 이원례의 집 앞에 서서,

"나는 이 장관의 친척입니다."

하고 말하며 문지기에게 안내를 구했다.

"친척 도련님이 찾아왔습니다."

문지기에게 그 말을 들은 이원례가 방에 들어가자 처음 보는 아이가 어른처럼 앉아 있었다. 이상하게 생각한 이원례는 공융에게 물었다.

"너와 나는 어떠한 친척 관계인가?"

공융은 대답했다.

"예로부터 나의 선조인 공자는 당신의 선조인 이백양(李伯陽, 노자)을 스승으로 따르고 가르침을 받았다고 들었습니다. 그러니 나와 당신은 오래전부터 아는 사이가 아닙니까."

열 살 소년의 대답이라고는 믿어지지 않는 기발한 발상이어서 이원례뿐 아니라 모든 사람이 감탄했다. 그런데 뒤따라 들어온 남자가 그 말을 듣고 코웃음 치며 비웃었다.

"흥! 어렸을 때 머리가 좋다고 어른이 되어도 똑똑하다는 법은 없지."

그러자 공융은 서늘한 얼굴로 대답했다.

"그러면 아저씨도 어렸을 때는 머리가 좋았겠네요."

조화는 실로 만물을 생성하고,
동화는 지속되지 못한다

和實生物 同則不繼
『국어(國語)』

웃지 않는 왕비 이야기를 들은 적이 있을 것이다.

주(周)의 마지막 왕이었던 유왕의 아내 포사(褒姒)는 빼어난 미모를 가졌으나 전혀 웃지 않았다. 유왕은 포사를 웃게 하기 위해 모든 방법을 다 동원하였지만 그녀는 끝내 웃는 일이 없었다.

그러던 어느 날 거짓으로 올린 봉화를 보고 허둥지둥 모여든 제후를 보더니 마침내 포사가 웃었다. 어쩐지 섬뜩한 이야기인데 유왕은 왕비를 웃게 하려다 결국 나라를 망하게 했다.

일본의 한 시구는 유왕을 이렇게 비웃는다.

"유왕은 간질이는 방법을 생각하지 못했다."

유왕의 숙부인 환공(桓公)은 정(鄭) 나라의 군주였다. 환공은 유왕이 죽기 전에 주(周) 나라가 멸망할 것이고, 그러면 주의 수도에서 가까운 정 나라도 무사하지 못할 거라고 생각했다. 그래서 환공은 태사백(太史伯)에게 가족과 재산을 어디에 옮겨놓으면 좋을지 상담했다. 태사백은 이렇게 충고했다.

"먼저 욕심이 많은 군주를 골라 재산을 맡기십시오. 그는 반드시 당신을 배신할 것입니다. 그때 의병을 일으켜 그들을 토벌하고 나라를 빼앗으십시오. 정의는 당신에게 있으므로 주위의 소국은 아군이 되어 따를 것입니다."

환공은 그의 충고 덕분에 감쪽같이 정 나라를 다른 곳으로 옮기는 데 성공했다.

이는 '실리'를 버려도 '명예'를 지키면 '실리'는 다시 얻을 수 있다는 가르침과 '욕심'은 자신의 약점이 될 수 있다는 경고를 준다.

태사백은 또한 다음과 같이 충고했다.

"주가 멸망한 것은 조화를 버리고 동화를 취하려고 했기 때문입니다."

'화(和)'와 '동(同)'의 차이를 살펴보면 '화(和)'는 주체성을 가진 개인이 조화를 이루는 것으로 예를 들면 물속에 기름을 넣고 섞는 상태와 비슷하다. 반면 '동(同)'은 사장이 오른쪽을 보면 사원 모두가 오른쪽을 보는 것과 같은 행동, 즉 물속에 물을 섞은 상태를 말한다.

"조화는 실로 만물을 생성하고, 동화는 지속되지 못한다."
和實生物 同則不繼

실로 수긍이 가는 이야기다.

이 이야기를 기업 환경에 빗대어 말하면 사장과 부사장의 관계와 비슷하다. 사장과 부사장이 잘 조화되면 좋지만 사장에 동조하기만 했던 부사장이 사장이 되면 제대로 경영이 될 리가 없다. 그럴 때는 사장이 사직하면 부사장도 함께 사직하는 것이 옳다.

『국어(國語)』에는 다음과 같은 구절도 있다.

"하나의 음성으로는 아름다운 음악을 만들 수 없고, 한 가지 색으로는 광채가 나지 않으며, 한 가지 맛으로는 깊은 맛이 나오지 않고, 한 종류의 물건으로는 화합할 수 없다."

다른 사람에게 피해를 당해도
나는 피해를 주지 않는다

寧人負我 無我負人
『삼사충고(三事忠告)』

『삼사충고(三事忠告)』의 저자인 장양호(張養浩)는 원(元) 나라의 재상이었던 인물이다. 알다시피 원 나라는 몽골인의 왕조로 이 시기는 중국이 사상 처음으로 이민족에게 정복되었던 때다.

전쟁은 보통 살육으로 이어지고, 적을 한 사람이라도 살려두면 완전한 승리라고 할 수 없다. 그 예를 굳이 멀리 찾지 않아도 베트남 전쟁을 보면 알 수 있다.

몽골인 또한 중국인을 한 사람도 살려두고 싶지 않아 '중국인을 죽이거나 모두 쫓아내 목초지에서 살게 하자'는 의견이 있을 정도였다. 이런 상황에서 원 왕조에 몸담은 중국인은 이루 말할 수 없이 괴롭고 복잡한 심경이었을 것이다. 이민족 왕에게 완전히 충성할 생각은 없지만 왕조가 제대로 운영되지 않으면 중국 서민들이 더욱 괴로워지는 것도 사실이었기 때문이다.

장양호는 그러한 어려운 상황에서 최선의 방법을 제안하고 신념을 굽히지 않은 사람이었다. 그런 배경을 바탕으로 『삼사충고』를 읽으면 인간관계에서 필요한 상당한 배려와 마음 씀씀이를 느낄 수 있다.

"다른 사람에게 피해를 당해도 나는 다른 사람에게 피해를 주지 않는다."

寧人負我 無我負人

이는 중국인의 민족 의식을 표현하는 말이다.

설사 몽골인이 신의가 없다고 해도 중국인은 신의를 잃으면 안 된다는 것이다. 이 구절 뒤에 『삼사충고』는 다음과 같이 이야기한다.

"세상의 선한 것이라도 반드시 자기가 주장할 수는 없다. 그것이 타인을 배려하는 방법이다."

참으로 신중한 처신이 아닌가.

같은 민족끼리는 타인이라고 해도 보통 심적으로 공통점이 있다. 그러나 이민족은 말 그대로 타인이다. 그러한 사람과 접하면서 융통성있게 의지를 지키고 이해를 구하는 일은 쉽지 않다. 이에 우리는 외국인과의 관계를 생각할 때 『삼사충고』에서 배워야 할 점이 많다.

우산을 기울여 말하다

傾蓋而語
『공자가어(孔子家語)』

좋은 스승과 좋은 친구에 둘러싸인 사람이야말로 정말로 행복한 사람일 것이다.

왕양명(王陽明)은 '스승이나 친구가 도와주지 않는 것은 자기가 구하려고 하지 않기 때문'이라고 말한다. 또한 『순자』에서는 다음과 같이 말한다.

"마음으로 사람을 통솔하려고 하면 스승이 필요하고, 힘으로 사람을 통솔하려고 하면 친구가 필요하다."

중국 철학자들은 이처럼 스승과 친구의 소중함을 강조했다.

"-우산을 기울여 말하다."

傾蓋而語

이 말은 『공자가어』에 있는 구절로 '개(蓋)'는 수레 위에 걸친 우산을 의미한다.

공자가 담(郯)이라는 소국에 갔을 때 정자(程子)라는 인물을 만났다. 그런데 그는 첫 만남이었는데도 마치 알던 사람처럼 친숙하게 우산을 기울여 말을 건넸다. 그 때문에 '경개이어(傾蓋而語)'는 처음 봐도 속을 터놓고 대한다는 뜻으로 쓰이기 시작했다. 공자의 이 말은 널리 퍼져 『사기』에도 이와 비슷한 어구가 나온다.

"서로 마음을 알지 못하면 오래 사귀어도 처음 사귄 벗 같고, 또 서로 마음이 통하면 길에서 처음 만나 인사하여도 옛 벗과 같다."

白頭如新 傾蓋如故

부와 권력을 얻고 조직의 정점에 서 있어도 진정으로 기대는 스승이나 마음을 터놓을 친구가 없다면 슬픈 일이다.

『송명신언행록(宋名臣言行錄)』에는 다음과 같은 이야기가 전해진다.

송(宋) 왕조를 연 조광윤(趙匡胤, 태조)이 왕궁에서 기거할 때의 일인데 그는 고독을 견디지 못하고 '내가 자는 곳 이외는 모두 타인의 집이다' 하며 자주 왕궁을 빠져나가 신하의 집을 방문했다. 조광윤은 큰 눈이 내린 밤에도 재상 조보(趙普)의 집을 방문했다고 하니 차가운 눈보다 마음의 쓸쓸함이 더 참을 수 없었나 보다.

『여씨춘추』에서는 진짜 친구를 만들려면 '약속한 것을 실천해야 한다'라고 한다. 서약문을 써야 약속을 지키는 사람은 친구라고 하기에 부족하다. 설사 구두로 하거나 혹은 술자리에서 한 약속이라도 약속은 약속이다.

신의가 있는 사람의 주위에는 신의가 있는 사람이 모여들고, 이익만 좇는 사람에게는 이익만을 구하는 사람이 모여든다.

『예기』에 다음과 같은 말이 나온다.

"군자는 사람을 대할 때 겉으로만 친하려고 하지 않는다. 마음속에서는 꺼려하면서 겉으로만 친해지려는 것은 소인 중에서도 좀도둑이라 해야 할 것이다."

즉, 사람을 꿰뚫어 보는 안목을 마음속부터 확실히 갖추어야 한다. 마지막으로 송(宋) 한유(韓維)의 재미있는 동창회에 관한 시를 소개한다.

같은 시험에 붙은 자, 같은 직장에서 일한 자, 같은 마을에 사는 자,
머리가 희끗희끗한 사람과 백발인 사람들이 화려한 연회에 왔네.
단 세 잔의 술로 귀까지 발개지고, 노랫소리가 들린다.
이렇게 즐거울 때는 마치 소란스러운 소년과 같지 않은가.
同榜同僚同里客
斑毛素髮華莚入
三盃耳熱歌聲發
猶喜歡情少年似

군주는 현명하지 않아도 현인에게 명령을 하고, 무지해도 지식인의 기둥이 될 수 있다. 신하는 일의 수고를 더하고, 군주는 일의 성공을 칭찬하면 된다. 그 일만으로도 군주는 지혜롭다는 평가를 받을 수 있다

4

지도자의 제왕학,
지도자를 위한 고전

양 천 마리의 가죽은
여우 한 마리의 액에 미치지 못한다.
千羊之皮 不如一狐之腋 『사기(史記)』

사람을 멸시하면 결국 자기의 덕을 잃게 되고,
재물을 너무 탐내면 결국 자기의 본심을 잃고 만다.
玩人喪德 玩物喪志 『서경(書經)』

적심을 뱃속에 밀어 넣다.
推赤心置人腹中 『후한서(後漢書)』

연통을 구부리고 나무를 딴 곳으로 옮긴다.
曲突徙薪 『한서(漢書)』

법은 냉정하게 만들어도 폐해는 나타난다.
作法於凉 其弊猶貪 『좌전(左傳)』

군자는 제자리에 맞게 처신하며
그 외의 것을 바라지 않는다.
君子素其位而行 不願乎其外 『중용(中庸)』

모르는 게 낫다.
不如無知 『송명신언행록(宋名臣言行錄)』

천하는 한 사람의 천하가 아니고,
천하의 천하다.
天下非一人之天下也 天下之天下也 『여씨춘추(呂氏春秋)』

먼저 외부터 시작하라.
先從隗始 『전국책(戰國策)』

세상 사람보다 먼저 근심하고
세상 사람보다 나중에 즐거워한다.
先天下之憂而憂 後天下之樂而樂 『문장궤범(文章軌範)』

다른 사람이 꺼리는 사람은
모두 안이 넉넉하지 못한 탓이다.
避嫌者 皆內不足也 『근사록(近思錄)』

배를 좋아하는 사람은 물에 빠지고,
말을 좋아하는 사람은 말에서 떨어진다.
好船者溺 好騎者墮 『월절서(越絶書)』

확신없이 사업을 시행하면 완성하지 못하고,
일을 의심하면 성공하지 못한다.
疑行無成 疑事無功 『상자(商子)』

난에 임해서 갑자기 병사를 훈련시킨다.
臨難而遽鑄兵 『안자춘추(晏子春秋)』

지키기가 어렵다.
守文則難 『정관정요(貞觀政要)』

양 천 마리의 가죽은
여우 한 마리의 액에 미치지 못한다

千羊之皮 不如一狐之腋
『사기(史記)』

　'천양(千羊)'은 양 천 마리를 말하고, '액(腋)'은 여우 옆구리 밑의 털을 뜻하는데 이 털은 순백색이어서 사람들이 귀하게 여겼다.

　이 말의 본뜻은 평범한 신하 백 명의 말이 뛰어난 신하 한 사람의 충고에 미치지 못한다는 것이다. 이는 『사기』의 '조세가(趙世家)'에 나온 구절이다.

　춘추 시대에 진(晉)이라는 대국이 있었다. 진은 원래 서북방에 있던 소국이었지만 점차 남쪽으로 내려와서 황하의 북쪽까지 점령했다. 남쪽으로 내려오기는 했지만 기후가 한랭해서 겨울이 되면 가신들은 모피를 걸치고 조정에 나왔다. 그런 까닭에 진 나라 사람은 모피의 질에 민감했다.

진은 그 후에도 황하를 따라 동으로 진출하여 중화의 4분의 1을 지배하고, 남쪽의 여러 나라를 노려 대부분의 나라에 군림할 정도의 초대국이 되었다. 그런데 나라가 거대해질수록 군주의 힘이 쇠퇴하고 신하(귀족)의 힘이 강대해지는 기묘한 상황이 벌어졌다. 결국 진은 유력한 귀족에 의해 '한(韓)', '위(魏)', '조(趙)'의 삼국으로 분열되었는데 결국 나라가 너무 커진 탓에 멸망한 셈이다.

노자는 '소국과민(小國寡民)'을 이상적인 사회로 여겼는데 이를 좀 더 풀어 설명하면 다음과 같다.

작은 나라에 적은 인구가 살고, 편리한 물건은 사용하지 않으며 멀리 이주하지 않는다. 배나 차가 있어도 타지 않고 군대가 있어도 군사를 일으키지 않는다.

노자는 이렇게 문명의 진보에 대해 경고하고 있는지도 모른다.

인간은 너무 진보하면 결국 파멸하게 되어 있다. 두뇌만 너무 발달하면 육체가 더 이상 그것을 뒷받침할 수 없어지는 것처럼 나라가 너무 거대해지면 분열되기 쉽다.

진이 삼국으로 분열되기 전의 이야기다.

조간자(趙簡子)라는 재상이 하루는 이상한 체험을 했다. 그가 병이 들어 혼수상태에 빠졌는데 맥박은 정상이었다. 천하의 명의로 유명한 편작(扁鵲)이 병상 옆을 지켰다. 그는 수심에 찬 재상의 가족을 이렇게 안심시켰다.

"걱정하지 마십시오. 옛날 진의 목공(穆公)도 7일 동안 혼수상태였다가 다시 깨어났습니다. 천제(天帝) 밑에서 놀다가 돌아온 것입니다. 주군도 이와 마찬가지로 3일이 지나기 전에 반드시 회복할 것입니다. 깨어나면 반드시 무슨 이야기를 할 것입니다."

편작의 말대로 조간자는 이틀이 지나고 혼수상태에서 깨어났다. 그는 이렇게 말했다.

"나는 천제가 있는 곳에 가서 매우 즐거웠다. 그는 나에게 상자 두 개를 주었다."

편작이 예상한 대로였다. 조간자는 그의 뛰어난 의술을 크게 칭찬하고 전지 4만 무(畝)를 하사했다.

이 일이 있은 후에 또 이상한 일이 일어났다. 하루는 조간자가 외출했을 때 길에서 한 남자가 길을 막아섰다. 하인이 화를 내면서 그 남자를 밀치자 그 남자는 말했다.

"주군을 만나고 싶다. 나는 천제의 옆에 있던 사람이다."

조간자 역시 그 남자의 얼굴이 낯에 익어 그에게 천제가 준 상자 두 개에 관해 물었다.

"주군의 아들이 이국 땅에서 두 나라에 승리를 거둔다는 뜻입니다."

그 밖에도 조간자의 질문에 조목조목 대답하던 남자는 '나는 천제의 명령을 전달할 뿐입니다' 하고 말한 후 사라졌다.

오늘날에도 천상계나 영계를 돌아봤다고 주장하는 사람이 있다. 지금도 사람의 기운뿐 아니라 이 세상 밖에 있는 기운까지 끌어들일 수 있는 사람이 있을지도 모를 일이다.

한편 조간자 밑에는 주사(周舍)라는 신하가 있었다. 그는 조간자의 귀가 아프도록 거침없이 의견을 제시하는 신하였다. 그런 주사가 죽고 난 후 조간자는 조정에서 정무를 보며 우울해했다. 그의 기분이 안 좋아 보이자 아랫사람은 자신이 무슨 실수라도 했나 하며 마음을 졸였다. 그러자 조간자가 그에게 말하길,

"아니다. 너한테 죄가 있는 게 아니다. 양 천 마리의 가죽은

여우 한 마리의 액에 미치지 못한다고 예부터 말하지 않았는가. 여러 가신이 조정에 와서 일을 하고는 있지만 모두 내가 한 말에 '예, 예' 하고 대답할 뿐이구나. 주사와 같이 거리낌없이 의견을 제시하는 자가 없어 잠시 우울한 생각이 들었을 뿐이다."

이 말에 감동을 받아 그를 따르는 사람이 늘어났다고 한다.

그러나 실제 조직에서 아랫사람에게 자신의 잘못을 정면에서 지적받았을 때 화를 내지 않고 '잘 들었네' 하면서 진심으로 감사의 말을 할 수 있는 사람은 드물다. 그렇다면 조간자의 말은 진심에서가 아니라 인기를 모으기 위한 연기였을지도 모른다. 그렇다 하더라도 그런 말을 들은 아랫사람은 진심을 털어놓을 수 있는 상사를 만났다고 기뻐했을 것이다.

진심이 통하는 직장보다 즐거운 곳은 없다. 관리직에 있는 자는 사소한 일이라도 그것을 계기로 아랫사람의 신뢰를 얻고 직장을 활기 차게 만들 수 있다.

사람을 멸시하면
결국 자기의 덕을 잃게 되고,
재물을 너무 탐내면
결국 자기의 본심을 잃고 만다

玩人喪德 玩物喪志
『서경(書經)』

예부터 중국인은 '덕(德)'이라는 단어를 좋아했다. 덕이란 무엇인가.

『자통(字統)』에 따르면 덕은 '눈으로 외우는 주문'을 의미한다. 그래서인지 덕이라는 글자를 잘 보면 눈[目]을 의미하는 자가 있다.

그렇다면 눈으로 주문을 외운 이유는 무엇일까. 그것은 자기가 가는 길에 있는 사악한 것을 배제하기 위해서다.

고대인은 눈에 그러한 힘이 있다고 믿었고, 모든 사람에게 그러한 위력이 있다고 생각했다. 결국 덕이란 '사악한 힘을 물리칠 내면의 힘'을 의미한다.

'좌(左)·국(國)·사(史)·한(漢)'이라는 말이 있다.

중국 역사서 중 『좌전(左傳)』, 『국어(國語)』, 『사기(史記)』, 『한서(漢書)』가 가장 재미있다는 이야기다. '좌(左)', 즉 『좌전』이 처음으로 꼽히는 것은 중국의 모든 역사서 중에 가장 재미있다는 뜻이다.

중국 역사에 관심이 있는 사람은 『좌전』이 일등을 차지하는 점에는 이견이 없지만 아래의 순위에 대해서는 의견이 분분하다.

한편 『서경(書經)』은 『상서(尙書)』라고도 하는데 고대 제왕의 언행록이다. 내 나름대로 순위를 매기면 다섯 손가락에 꼽힐 만한 흥미진진한 책이지만 본문에 쓰이는 글자가 어렵고, 말투 또한 이해하기 어려워 생각처럼 많이 읽히지는 않는다.

하지만 『서경』은 각 시대의 최고 지도자가 읽어온 '제왕학(帝王學)'이므로 각 기업의 사장은 꼭 한 번 읽어보기를 강력히 권한다.

『서경』에는 고민하는 지도자의 모습이 역력하게 나타나 있고, 고대 제왕들이 큰 사업을 어떻게 기획하고 실행하고 완성했는

가, 혹은 그들이 예측하지 못한 곤궁을 어떻게 타개했는가 하는
내용이 가득하다.

"사람을 멸시하면 결국 자기의 덕을 잃게 되고, 재물을 너
무 탐내면 결국 자기의 본심을 잃고 만다."

玩人喪德 玩物喪志

이는 중신 소공(召公)이 상(商)을 정복한 주(周) 무왕(武王)을
향해 한 말이다.

무왕은 세운 지 얼마 안 되는 주 왕조가 천하의 인심을 얻어
영원히 번영했으면 하고 소망했다. 사실 변두리의 작은 나라에
불과했던 주가 상을 무너뜨리고 새로운 왕조를 세우리라고 예상
한 사람은 한 사람도 없었다.

'저런 시골 부족이 어떻게 천하를 얻었는가.'

지방에서 소문을 들은 사람들은 너무나 놀라워했지만 각지의
호족은 발 빠르게 무왕에게 축하 선물을 보냈다. 그중 북방의 숙
신(肅愼)씨는 귀한 화살을 보냈는데 호[楛] 나무로 만든 화살에
돌 화살촉이 달린 것으로 길이가 1척 8촌이나 했다. 그리고 서쪽
의 여(旅) 나라에서는 큰 개를 보냈다.

무왕은 각지에서 보내온 사자를 대접하고 기분 좋게 공물을 받았다. 숙신씨의 화살은 자기의 딸인 대희(大姬)에게 주고, 사위인 호공(胡公)을 진(陳)에 봉해 제후로 세웠다. 또한 자신의 동생이나 부모의 형제에게는 귀한 옥을 보냄과 동시에 제후로 봉했다. 이렇게 무왕은 나라를 내어줄 때 가족에게는 옥을 내려주고 가족이 아닌 자에게는 각지의 특산품을 주는 차별을 했다.

무왕이 천하를 얻는 데 큰 공을 세운 소공은 그의 이런 행동에 대해 충고했다. 그 간언이 바로 『서경』의 '주서(周書)'에 나와 있다.

대강 말하면 다음과 같다.

"사물을 주는 사람의 신분이 높다고 해서 그 물건의 가치가 바뀌는 것은 아닙니다. 같은 물건을 주어도 주는 사람의 덕이 그 물건의 가치를 정합니다. 뛰어난 덕이 있는 사람은 사람을 얕보는 일이 없습니다. 군자를 얕보면 진심을 다할 수 없고, 소인을 얕보면 노력을 다할 수 없게 됩니다. 이른바 사람을 멸시하면 덕을 잃고, 물건을 탐내면 자신의 소망을 잃게 됩니다. 도를 통해 마음이 안정되고, 도를 통해 말은 진실에 닿게 됩니다."

소공은 또한 여 나라에서 보내온 개를 언급하면서 이렇게 말했다.

"개나 말은 본래의 땅이 아니면 키우지 않는 것입니다."

만민의 위에 선 왕이 진기한 물건을 좋아하기 시작하면 특산품이 나지 않는 씨족은 찾아오기 힘들어지고, 사람이 오지 않으면 왕조는 인기가 사라진다. 그는 거기까지 마음을 쓴 것이다.

새로운 사업을 기획하고 성공을 향해 달릴 때는 스스로 마음을 하나로 모을 수 있다. 사업이 실패하면 일단은 사람의 마음이 뿔뿔이 흩어지겠지만 뛰어난 지도자만 있으면 다음 기회에 다시 모일 수도 있다.

그러나 문제는 성공한 다음에 지도자가 사업 성공의 대가인 명예와 이익을 독점하면 그 순간 동고동락하던 사람들의 마음이 떨어져 나가 버린다. 이 이별은 돌이킬 수 없을 만큼 결정적이다. 명예와 이익의 분배만큼 어려운 것은 없기 때문에 성공한 인물도 이 문제로 어려움을 겪는 일이 많다.

소공은 마지막에 이렇게 말한다.

"사사로운 것에 신경 쓰지 않으면 결국 큰 덕을 잃게 됩니다. 구 척 높이의 산을 쌓는데 마지막 흙 한 줌이 부족해 실패할 수도 있습니다."

덕은 하늘에서 내려준 것이 아니고 쌓는 것이다.

『채근담(菜根譚)』에는 다음과 같은 말이 있다.

"덕은 사업의 기초이고, 그 기초가 확실하지 않으면 오래
지속될 수 없다."

적심을 뱃속에 밀어 넣다

推赤心置人腹中
『후한서(後漢書)』

'적심(赤心)'은 진심을 뜻한다. 피가 빨갛고, 피를 몸속으로
보내는 심장도 역시 빨갛다는 생각에서 드러난 마음을 의미한
다. '추(推)'는 지금은 '밀다[押]'라는 의미와 같은데 이 두 글자
는 뉘앙스가 약간 달라 '추(推)'는 손으로 밀어 넣는 것이고,
'압(押)'은 꽉 누르는 것을 의미한다.

내가 가장 신뢰하는 『자통(字統, 어원 자전)』에 따르면 '추(推)'
는 새 점을 치는 것이고, '압(押)'은 우리에 가둔다는 말이다. 그
정의에 따라 '추(推)'라는 글자는 추리(推理)나 추량(推量)과 같이

쓰이면서 미래를 헤아린다는 의미가 있다.

"적심(赤心)을 뱃속에 밀어 넣다."
推赤心置人腹中

이 말은 『후한서』의 '광무제기(光武帝記)'에 나온 구절로 다른 사람을 신뢰해서 흉금을 터놓는다는 뜻이다. 여기에서 '적심(赤心)'은 '적성(赤誠)'과 거의 같은 의미다.
『중용』에서는 성(誠)에 대해 다음과 같이 말한다.

"성(誠)은 하늘의 도(道)이고, 그것을 지상에서 실현하는 것이 사람의 도리다."

즉, 진실하고 사람을 속이지 않는 일이 우주의 원칙에 거스르지 않는 일이며 그런 원리에 충실한 것이 인생의 근본이라는 뜻이다.
『중용』은 사람의 인생에서 근본을 거스르지 않도록 노력하면 아무리 미련한 사람도 사물이 보이게 된다고 한다. 근본이 우매한 나로서는 크게 수긍이 가는 부분으로 결국 성(誠)에는 빛(光)

과 힘(力)이 있다고 할 수 있다.

　"유(柔)한 것이 강(强)한 것을 이긴다."

　여담이지만 유(柔)가 약하다는 의미라면 '유도(柔道)'라는 이름을 의아하게 생각하는 사람도 있을 것이다. 일부러 '약한 도'를 체득할 리는 없다. 그러나 일본은 예로부터 중국 고전에 익숙했던 만큼 『노자』의 다음 구절에서 '유도'라는 이름이 유래되지 않았나 싶다.

　"유약(柔弱)이 강강(剛强)을 이긴다."

　폭풍우가 몰아칠 때 보면 대나무는 겉으로는 약해 보이지만 부러지지 않는데, 강해 보이는 소나무가 오히려 부러지는 모습을 보며 유(柔)가 강(强)보다 강하다는 사실을 실감했을 것이다. 그런 생각을 바탕으로 강하고 올바른 정신을 체득한다는 의미에서 '유도(柔道)'라는 이름을 붙였으리라 짐작된다.
　이렇게 약해 보이는 사람이 강해 보이는 사람을 제압하는 일은 유도에서만 벌어지는 일이 아니다. 후한(後漢) 왕조를 세운 광무제(光武帝) 또한 그에 해당하는 인물이다.

　광무제가 천하를 평정한 후에 고향으로 돌아갔을 때 친척들은 그를 보며 '문숙(文叔, 광무제의 자)은 어렸을 때 성실하고 부드러운 사람이더니 이렇게 훌륭한 사람이 되었군' 하고 칭찬했다. 이에 광무제는 다음과 같이 말했다.

　"천하를 다스릴 때도 유하게 할 것입니다."

　'유(柔)'의 도는 '군인남면지술(君人南面之術)'이라고도 하는데 이는 제왕학의 원리다. '군인남면지술'이란 말은 들이고자 하면 반드시 벌려야 하며, 약하게 하려면 반드시 강하게 해야 하고, 폐하고자 하면 반드시 흥하게 해야 하고, 빼앗고자 하면 반드시 주어야 한다는 뜻이다. 이처럼 지도자는 '유'의 도를 발휘해야 한다.

　'유'는 약하다는 의미 외에 여성, 물을 암시하기도 한다. 여성은 약해 보이지만 사람의 생명을 이어나가게 해주고, 신체 구조상 남자보다 생명력이 뛰어나다. 특히 여성은 고난에 강하고 생명에 대한 집착력이 대단하다.

　한편 물은 사물에 거스르는 일 없이 오염된 곳도 가리지 않고 끊임없이 낮은 곳으로 흐른다. 이렇게 물과 같이 변화무쌍한 상황에 대응할 수 있는 유연함을 길러야 한다.

'유'가 '강'을 제어하려면 요령이 필요한데 그것이 바로 성(誠)이다. 그런데 성(誠)을 지나치게 강조하면 사람의 정신을 속박하고 조직이 경직되는데 인민들이 반란을 일으켰다가 광무제에게 멸망당한 왕망(王莽) 왕조가 그렇다. 젊을 때 유연했던 광무제는 이 점을 잘 명심하고 내면을 단련했다.

여기에서 광무제와 관련된 일화 중에 하나를 소개한다.

광무제는 하북(河北)에서 농민이 봉기하여 이룬 동마군(銅馬軍)을 격파했다. 그중 잔여 병력을 흡수하여 재편성하고, 동마군의 장수는 모두 해당 관직에 배치했다. 그러나 재편성되거나 흡수된 병사 가운데 상당수는 과거에 광무제와 적대 관계에 있었던 사람들이라 그의 신임을 받지 못할까 걱정하였다.

이런 상황을 간파한 광무제는 장수들을 각각 과거 자신이 속했던 부대로 다시 배치하고, 그들로 하여금 지휘를 맡게 하였다. 광무제가 그들을 조금도 경계하지 않고 자기 사람 대하듯 하는 모습을 보고 사람들이 이렇게 말했다.

"소왕이 성의껏 사람을 대하며 자신의 속마음을 사람들에게 내어주니 어찌 목숨을 걸고 싸우지 않을 수 있겠는가."

蕭王推赤心置腹中 安得不投死乎

이것이 앞서 든 구절의 출처다. 적군의 장졸들은 광무제의 유연함에 반한 것이다. 그러나 그가 항상 무르게 처단한 것은 아니어서 적심이 통하지 않는 상대에게는 엄한 태도로 대했다. 물은 유연함의 대표라고 할 수도 있지만 또한 방해하는 물질을 뚫어 버리는 성질도 있다.

연통을 구부리고
나무를 딴 곳으로 옮긴다

曲突徙薪
『한서(漢書)』

　'돌(突)'은 굴뚝을 말하고, '사(徙)'는 옮긴다는 뜻으로 화재
를 예방하기 위해 연통을 구부리고 나무를 딴 곳으로 옮긴다는
의미에서 항상 재난에 미리 대비해야 함을 강조하는 말이다.

　『한서(漢書)』의 '곽광전(霍光傳)'에 나온 이 이야기는 이중
구조로 구성되어 있다.

　어떤 나그네가 객지에서 묵게 되었다. 그런데 주인집의 굴뚝
이 너무 곧게 나 있어 불길이 새어나왔고 그 옆에는 마른 장작이

가득 쌓여 있었다. 그 나그네는 은근히 걱정되어 이렇게 말했다.

"빨리 굴뚝을 굽히고 장작도 멀리 옮겨놓으시오. 그렇지 않으면 불이 날지도 모릅니다."

그러나 주인은 들은 척도 하지 않았다.

아니나 다를까, 이튿날 정말로 불이 났다. 다행히 이웃 사람들이 도와 큰 피해는 없었지만 나그네의 예언이 적중했던 것이다. 주인은 화재가 났을 때 도와준 주위 사람들의 노고를 위로하기 위해 잔치를 벌였다. 불을 끌 때 도와준 정도에 따라 손님의 좌석을 배치했다. 불을 끄다 화상을 입은 사람은 맨 상석(上席)에, 약간 상처를 입은 사람은 그 다음 자리에 앉혔다.

그런데 그 나그네에게는 말석(末席)조차 주지 않고 서 있게 했다. 그러자 누군가 '주인장, 내가 보기에 무엇인가 잘못된 것 같소. 잔치를 벌여 노고에 답하는 것은 좋지만 불이 나기 전에 방지했더라면 더욱 좋았을 것 아니오. 진작 나그네의 말을 들었다면 이런 화는 당하지 않았을 것이오. 그렇다면 저 나그네의 공은 어떻게 된 거요?' 하며 저만치 서 있는 나그네를 가리켰다. 그제야 주인은 잘못을 뉘우치고 얼른 나그네를 맨 상석에 앉혔다.

이 이야기는 논공행상의 어려움을 말하고 있다. 논공행상은 부하의 공적을 치하해서 의욕을 한층 돋우기 위함인데, 상을 받고서 도리어 불만이 쌓이기도 한다.

'나보다 공을 세우지 못한 사람이 높은 상을 받다니, 사람을 보는 안목이 없군.'

이런 생각을 하는 사람에게는 모처럼의 호의도 긁어 부스럼이 되기 십상이다. 심사를 하는 사람 또한 아무래도 눈앞의 공적에 눈이 가려지게 마련으로 전에 들었던 조언이나 충고는 잊어버리기 쉽다.

예를 들어 한 상점 주인이 '왜 우리 가게에는 손님이 없을까' 하고 고민하며 아무리 자신의 가게를 돌아보고 결점을 찾으려고 해도 이유를 찾기 힘들다. 그럴 때는 다른 사람에게 물어보는 것이 가장 빠르고 좋은 방법이다. 자신의 일을 객관적으로 볼 수 있는 사람은 거의 없다.

회사도 마찬가지여서 위에서 아무리 내려다봐도 조직의 결함이 눈에 띄지 않기 마련이다. 이와 반대로 말단 사원에게는 조직의 결함이 너무나 잘 보인다. 그러므로 사장이 현장에서 종업원과 함께 행동을 하는 기업은 조직이 안고 있는 문제점을 성찰할 수 있는 능력이 생긴다.

그러나 중소기업은 사장의 독단적인 결정을 제어할 수 있는 시스템이 부족하기 때문에 스스로 문제점을 깨닫지 못할 가능성이 오히려 대기업보다 크다. 그러므로 중소기업에도 사외 이사가 필요하다. 회사 밖에 눈과 귀를 두지 않으면 정확한 대처를 할 수 없기 때문이다.

제2차 대전 후 일본의 게이단렌(經團連)의 회장을 지낸 이시자카 다이조(石坂泰三)와 관련된 다음과 같은 일화가 있다.

아무리 중역 회의를 열어도 신선한 생각이 나오지 않고 무언가 새롭게 시도해 보려 해도 판단이 잘 서지 않았다. 그때 회사의 사외 이사를 맡고 있는 재계의 장로들에게 자문을 구했다.

자문을 받은 그들은 장기를 두면서 '이렇게 하면 어떻겠습니까' 하는 식으로 가볍게 응수했다. 그러나 이시자카 회장은 그 가벼운 대답에 핵심을 찌르는 말이 녹아 있음을 깨닫고 깜짝 놀랐다. 결국 나중에는 이사들이 암시했던 일들이 하나하나 맞아 떨어졌다고 한다.

다음으로 '곡돌사신(曲突徙薪)'에 관계된 또 다른 이야기를 소개한다.

한(漢) 무제(武帝)가 세상을 떠나자 여덟 살 된 아들이 소제(昭帝)로 제위를 계승했다. 공신의 후손인 장군 곽광(霍光)은 한 무제의 뜻을 받들어 황제를 보좌하며 국정에 관여했다. 그러나 한 소제는 21세의 젊은 나이에 죽었다. 이에 곽광은 한 무제의 손자를 제위에 앉혔으나 그는 국정에는 관심이 없었다. 그래서 곽광은 제위를 폐하고 한 무제의 증손자를 제위에 앉혔다.

새로 제위를 계승한 한 선제(宣帝)는 국권을 주무르는 곽광을 몹시 두려워했다.

하루는 선조의 사당에 제사를 지내러 갈 때 곽광이 직접 수레를 몰고 선제를 모셨다. 그런데 선제는 기골이 장대하고 날카로운 눈에 엄한 표정을 한 곽광을 보며 수레 안에서 마치 등에 가시가 박힌 것처럼[若有芒刺在背] 불안에 떨었다고 한다. 후에 그토록 선제가 두려워하던 곽광이 죽었지만 곽씨 가문의 영화는 빨리 쇠퇴하지 않고 오히려 곽 일족의 횡행이 더해만 갔다.

이때 서복(徐福)이라는 신하가 곽가의 멸망이 그리 멀지 않음을 예견하고 선제에게 곽 일족의 횡행을 다스리도록 간언했지만 그는 무시했다. 드디어 곽광의 처가 딸을 황후에 앉히려는 음모로 선제의 황후를 독살한 비밀이 탄로났다. 자포자기한 곽 일족은 쿠데타를 계획했지만 그 음모도 사전에 발각되어 일족이 모두 죽임을 당했고 황후가 된 곽광의 딸만 살아남았다.

선제는 드디어 안심하고 곽가를 고발한 자를 모두 제후로 봉했다. 그때 어떤 신하가 선제에게 '곡돌사신(曲突徙薪)'의 구절을 예로 들며 서복의 공을 고하자 선제는 그제야 서복에게 포상했다.

법은 냉정하게 만들어도
폐해는 나타난다

作法於涼 其弊猶貪
『좌전(左傳)』

여기서 '법(法)'은 규칙, 법도, 법률을 말한다. 고대에는 법이 형벌의 일종으로 재판에 지면 강이나 바다에 버려졌는데 여기서는 이를 의미하는 듯하다.

'량(涼)'은 술에 물을 타 엷게 만든다는 의미에서 얕다, 동정심이 없다는 뜻으로 변했다. '폐(弊)'는 고생이나 나쁜 일을 뜻하고 '탐(貪)'은 끝없는 욕심을 말한다.

어떤 나라에서 소비세가 국민에게 부과되기 전 여당이 법안 가결을 강행했다. 그 나라의 수상은 10년 전의 프랑스 외상인 아

노토(Hanotaux)의 비결에 따른 것이라고 말했다. 내용은 다음
과 같다.

첫째, 실시하고자 하는 일을 먼저 큰 소리로 사람들에게 주장
한다.

둘째, 그러면 반대론자들이 일제히 공격에 나설 것이다.

셋째, 이에 대응하지 않는다.

넷째, 그러면 찬성하는 사람이 나타나 여론이 찬반양론으로
떠들썩해진다.

다섯째, 계속 침묵을 유지한다.

여섯째, 기회를 봐서 처음에 말한 주장을 일시에 단행한다.

일곱째, 그러면 반대론자는 더 이상 아무 말도 못하게 된다.

그 수상에게 여론이라는 존재는 이처럼 억눌러야 하는 대상이
었다. 그런데 이 가운데 마지막 단계에서 예상이 빗나갔다. 처음
에 '소비세를 매긴다'고 큰소리친 수상이 아무 대응도 하지 말
아야 할 상황에서 여론의 큰 반대에 밀려 '소비세를 매기지 않
는다'는 돌출 발언을 한 것이 원인이었다.

"지혜가 나타나면 큰 거짓말이 생긴다."

慧智出 有大僞

『노자』에 나오는 말인데 말이 많은 사람은 결국 그 말로 말미암아 몸을 해치게 된다는 뜻이다.

춘추 시대 때 정(鄭) 나라의 명재상 자산(子産)이 세제 개혁을 실시할 때도 빗발치는 반대에 부딪쳤다. 그는 새로운 정책을 크게 세 가지 실시했는데 바로 농지 개혁, 세제 개혁, 성문법의 제정이었다. 이 중 성문법의 제정은 중국사에서도 의미있는 일이지만 국제 여론 또한 들끓었다.

당시 정 나라는 진(晉)과 초(楚)의 대국 사이에 낀 위치로 양국과 우호 관계를 유지하는 일에 막대한 자금이 필요했고 이것이 자산이 개혁을 실시하게 된 배경이다.

자산은 먼저 농지 개혁을 실시했다. 그러자 백성들로부터 원망의 목소리가 흘러나오기 시작하더니 급기야는 노래를 만들어 부를 지경이 되었다.

자산을 죽이는 자가 있으면

나는 그자의 아군이다

또한 사람들은 마을의 학교에 모여 정치를 비판했다. 양상이 과열되자 자산의 주위 사람 가운데는 아예 학교를 없애자고 제안하는 사람도 있었다. 그러자 자산은 다음과 같이 대답했다.

"쓸데없는 짓이다. 그들은 내가 실시하는 정치를 비판하고 있다. 사람들이 선이라 생각하는 것은 행하고, 나쁘다 생각하는 것은 고쳐 나갈 것이다. 사람들의 비판은 나의 스승이다. 그것을 억지로 막는 것은 강의 흐름을 막는 것과 마찬가지다. 제방이 견고하지 못하면 막대한 피해가 나고 내가 그 책임을 져야 한다. 그들의 의견을 정치를 위한 약으로 삼아야 한다."

그 이야기를 들은 사람은 감동하여 '이제야 비로소 당신이 진정한 지도자임을 깨달았습니다' 하고 말하며 자신의 무지를 부끄러워했다.

3년이 지나자 노래는 이렇게 바뀌었다.

만약 자산이 죽는다면
대체 누가 뒤를 이을까

농지 개혁에 대한 원망이 찬미의 소리로 바뀌자 자산은 뒤이

어 세제 개혁을 단행했다. 그러나 이번에도 나라 안에서 비난이
일어 그는 위기에 몰렸다.

이에 자관(子寬)이라는 대부(大夫 : 중급 귀족)가 자산에게 세
제 개혁의 중단을 타진했다. 그러자 그는 다음과 같이 말했다.

"이 세제가 왜 해가 된단 말입니까. 국가에 이익이 있으므로
생사를 돌아보지 않고 진행할 작정입니다. 이런 말도 있지 않습
니까. '선(善)을 행하는 자는 그 제도를 바꾸지 않는다. 그러므
로 잘 다스릴 수 있다'. 즉, 좋다고 생각한 것을 행하는 자는 한
번 결정한 일을 바꾸지 않습니다. 또한 '예와 의에 어긋나지 않
으면 다른 사람의 말에 왜 신경을 쓰는가' 하는 시도 있습니다.
나는 세제를 결코 바꾸지 않을 것입니다."

자산은 물러서지 않겠다는 굳은 결의를 보였고 그의 태도에서
오만함을 느낀 자관은 다른 사람에게 '자산의 가문은 누구보다
먼저 멸망할 것이다' 하고 불평을 하고는 다음과 같이 말했다.

"군자는 법을 냉정하게 만들어도 폐해는 나타난다고 말했다.
하물며 탐욕스럽게 법을 만들면 폐해는 이루 말할 수 없이 커진
다."

자관은 이렇게 걱정하며 정 나라가 이웃 나라 위(衛)보다 빨
리 망할 것이라고 예언했다. 자관의 예언대로 정 나라는 전국 시

대에 들어서 곧 멸망했다.

"망하는 나라에는 반드시 제도가 많다."
『좌전(左傳)』

나라나 기업이나 새로운 규칙과 법령이 더해질수록 멸망에 다가가는 길이라는 것을 명심해야 한다. 진짜 지도자라면 'Let's' 라고는 해도 'Don't' 라고는 하지 말아야 한다.

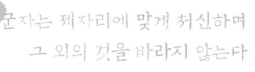

군자는 제자리에 맞게 처신하며
그 외의 것을 바라지 않는다

君子素其位而行 不願乎其外
『중용(中庸)』

'소(素)'는 동사로 쓰이면 현재 거기에 있다는 의미가 된다.
위의 구절은 『중용』에 나오는 공자의 손자인 자사(子思)의 말로
스스로의 직분을 지키라는 뜻이다.

스스로의 직분을 지키지 않으면 조직이 잘 돌아가지 않는다.
그러나 이를 실천하는 것은 말처럼 쉽지만은 않다.

예전에 일본 노무라(野村) 증권의 회장이었던 오쿠무라 츠나
오(奧村綱雄)는 이렇게 말했다.

"회장만큼 어려운 일은 없는데 이는 큰일을 떠안기는 쉽고 일

을 줄이기는 어렵기 때문입니다. 입으로만 바쁘다고 하는 게 아니라 정말로 할 일이 끊임없이 생깁니다. 이러한 어려움을 극복하지 못하면 진정한 회장이 될 수 없습니다."

또한 일본 석유 회사 사장이었던 구리타 준이치(栗田淳一)는 비서 과장을 거쳤는데 그 어려움을 다음과 같이 표현한다.

"비서라는 일은 고충이 많은 일입니다. 비서는 우선 매우 유연해야 합니다. 하려고 하면 일은 무한하고, 일을 안 하려면 손님 대응만 하면 끝납니다. 비굴해지면 가방을 들어주는 사람으로 전락하고말지요."

두 사람의 말에서 자신의 직분에 대해 진지하게 고민한 흔적이 엿보인다.

중요한 지위에 앉아 있는 사람 가운데는 듬직한 태도를 취하는 사람도 있고, 신속하게 일을 처리하는 사람도 있다. 그 차이는 회사의 시스템이나 사풍, 사장의 성격 등에 따라 다르므로 어느 방법이 옳다고 할 수는 없을 것 같다.

가장 중요한 점은 사장은 자신의 직분을 지켜야 한다는 점이다.
『세설신어』에 다음과 같은 이야기가 나온다.

왕도(王導)는 양주(揚州)의 장관으로 각 도에 속관(屬官) 여덟

명을 파견해서 시찰하게 했다. 임무를 마치고 돌아온 그들은 일제히 왕도에게 보고했다.

그 속관 중에 고화(顧和)라는 사람이 있었는데 그는 다른 속관들이 보고를 다 마쳤는데도 불구하고 입을 다물고 있었다.

왕도는 그에게 물었다.

"너는 할 말이 없느냐."

그러자 고화는 이렇게 대답했다.

"주군은 천자의 보좌에 앉아 있습니다. 그물을 성기게 만들어 큰 배도 지나갈 수 있도록 관대하게 정치를 행하는 일은 있어도 풍문을 모아 세세한 것을 캐는 정치는 있을 수 없어 입을 다물고 있었습니다."

明公寧使網漏吞舟 何忍采風聞以察察爲政

마지막 구절은 명문장이다.

그 말을 들은 왕도는 크게 감탄하며 고화를 칭찬했다.

이처럼 듬직하면서 관용과 호방함을 조화시키는 것이 바람직한 지도자의 모습이다.

모르는 게 낫다

不如無知
『송명신언행록(宋名臣言行錄)』

송(宋) 시대는 '과거'와 '당파'로 대표되는 관료 시대였다. 그러한 엄격한 관리 사회에서 살아남았던 그 시대의 명신들이 『송명신언행록』을 통해 자신이 터득한 지혜를 후세에게 전하고 있다.

『송명신언행록』은 조직 안에서 살아가는 사람들이 자신의 처지와 비교하면서 읽을 수 있는 책이다.

송의 2대 황제인 태종 때 출세가도를 달려 재상에 오른 여몽정(呂蒙正)은 다른 신하에게 시기를 받았다. 그가 처음으로 참정이 되어 조정에 들어갔을 때 한 신하가 발 그늘에서 여몽정을 가리키며 이렇게 비웃었다.

"저런 별볼일없는 남자가 참정이라네."

여몽정은 들리지 않는 척하며 지나쳤지만 도리어 동료가 이를 참지 못했다.

"무엄하기는. 내가 저 남자의 관명과 성명을 알아보지."

여몽정은 서둘러 그만두게 했다.

"만약 내가 저 사람의 이름을 알면 평생 잊을 수 없을 것이네. 굳이 알 필요가 없는 것 같네. 사람을 추궁하지 않았다고 해서 이쪽이 손해 보는 것은 아니라네."

이 말을 들은 조정의 신하들은 그의 뛰어난 인격에 고개를 숙였다.

"모르는 게 낫다."

不如無知

여몽정은 이 한마디로 자신과 타인, 그리고 조직을 살렸으니 훌륭한 자세라고 할 수 있다.

사람을 통솔하는 자는 많든 적든 욕을 듣게 마련이다. 그렇다

하더라도 눈앞에서 직접 욕을 들었다면 여몽정과 같은 태도를 취할 수 있을까. 아마도 화를 내면 안 된다고 머리로는 생각하면서도 감정이 먼저 앞서고 말 것이다. 이 이야기는 '손(損)'과 '득(得)'이라는 철학을 확실히 가르쳐 준다.

자신의 행동으로 말미암아 얻을 이익을 철저하게 생각해야 한다. 그러면 무심코 화를 내버리는 쓸데없는 일은 하지 않게 될 것이다. 알면서 화를 내는 것과 순간 이성을 잃어 화를 내는 것은 차이가 있다.

지도자는 지식은 부하에게 맡기고 자신은 마음을 닦아 인격을 키우는 일에 전력을 쏟아야 한다. 인격을 연마하는 데는 중국 고전을 교과서로 삼는 것이 가장 좋다.

춘추 시대의 다섯 패왕 중 한 명인 초의 장왕(莊王) 또한 '모르는 것이 낫다'는 진리를 실천한 일로 유명하다. 『세원(說苑)』에는 다음과 같은 이야기가 전해진다.

어느 날 장왕은 지방 반란을 평정하고 돌아와 신하들과 함께 밤늦도록 잔치를 벌였다. 그러다 갑자기 불어온 바람으로 연회장의 촛불이 모두 꺼져 버렸다. 그 틈을 타 신하 중 한 사람이 장왕이 사랑하던 애첩 허희(許姬)를 희롱했다. 그녀는 자신을 희롱한 사람의 관끈을 잡아당겨 끊고는 장왕에게 청했다.

"불을 밝혀 나를 희롱한 자를 찾아 처벌해 주십시오."

하지만 장왕은 '모두 다 관끈을 끊어라' 는 명을 내려 난처한 입장에 빠진 신하를 용서해 주었다.

이후 장왕이 진(晉) 나라와 싸우다 사면초가의 곤경에 빠지게 되었는데 한 신하가 죽을힘을 다해 그를 구해냈다. 장왕이 그 신하를 불러 공을 치하했다.

"내가 부덕해서 네가 이렇게 뛰어난 무인인 줄 몰랐다. 왜 그렇게 사력을 다해 싸웠는가."

그 신하는 이렇게 대답했다.

"저는 사실 이미 죽은 것과 같은 목숨입니다. 이전에 취해서 왕의 애첩에게 무례를 범했습니다. 그때 왕이 은혜를 베풀어주셔서 죽음을 면할 수 있었습니다. 저는 그때 언젠가 은혜를 갚자고 결심했습니다. 그날 밤 관끈을 잘린 것은 바로 저입니다."

장왕은 넓은 도량 덕에 아랫사람의 마음을 얻고 자신의 목숨도 지킬 수 있었던 것이다. 이처럼 뛰어난 지도자는 눈을 뜰 때는 뜨고, 눈을 감을 때는 감아야 한다. 그러한 지도자 밑에서는 사람들이 스스로 일을 하기 마련이다.

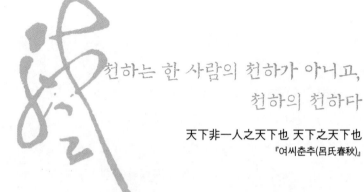

천하는 한 사람의 천하가 아니고,
천하의 천하다

天下非一人之天下也 天下之天下也
『여씨춘추(呂氏春秋)』

『여씨춘추』는 진(秦)의 재상이었던 여불위(呂不韋)가 편집한 책이다. 그는 진시황제의 아버지로 잘 알려졌는데 원래는 상인이었다. 여불위는 물건이 아니라 사람에 투자한 일로 일약 유명해졌는데 그는 자초(子楚)라는 진 왕자의 후원자였다.

『사기』에는 다음과 같은 구절이 나온다.

"진귀한 물건을 사두었다가 훗날 큰 이익을 얻게 한다."
奇貨可居

'기화(奇貨)' 는 진기한 물건을 말하는데 진품은 아껴두었다가 기회를 보아 내놓으면 고가에 팔린다는 뜻이다.

여불위는 타국에서 인질로 살던 자초를 진의 왕으로 만들었으나 자신은 재상에 머물렀으니 실로 걸물이라고 할 만하다.

"천하는 한 사람의 천하가 아니고, 천하의 천하다."
天下非一人之天下也 天下之天下也

위 구절을 읽고 후쿠자와 유키치의 『학문의 진척(學問のすすめ)』에 나온 이 구절이 떠올랐을지도 모르겠다.

"하늘은 사람 위에 사람을 만들지 않고, 사람 아래에 사람을 만들지 않았다고 말한다."
天ハ人ノ上ニ人ヲ造ラズ, 人ノ下ニ人ヲ造ラズト云ヘリ

이는 평등을 말하는 것이고, 『여씨춘추』에서는 '천하를 다스릴 때는 공정 무사해야 할 것' 을 강조한 것이다.

여불위가 대단한 인물인 것은 사실이지만 어쨌든 상혼으로 책모를 성공한 사람인 것도 사실이니 그가 선택한 문장치고는 너무 이상적이라고 여길지도 모르겠다. 그러나 상인이라도 여불위와 같이 시야가 넓은 사람은 중국 전역으로 눈을 돌려 사람과 물자의 흐름을 정확하게 파악하고, 시류의 흐름을 예측하는 혜안이 생긴다.

사업은 사욕에서 출발하는 것이기는 하지만 결국 이익은 국민에게 돌아간다고 생각한 것이다. 그렇게 볼 때 국가도 일종의 사업체로 볼 수 있고, 사업체가 성장하려면 공공성을 높여야 한다.

『여씨춘추』에서는 지도자의 소양을 말하면서 다음과 같은 표현을 하기도 한다.

주공의 아들인 백금(伯禽)이 아버지에게 임지인 노(魯) 나라를 어떻게 다스리면 좋을지 질문했다. 그러자 주공은 이렇게 대답했다.

"이익으로 이익을 취하지 말라."

利而勿利

즉, 공을 위해 이익을 도모해야 한다는 뜻으로 사리사욕을 위해 이익을 도모하지 말라는 뜻이다. 다만 이 말에는 목적어가 생략되어 있어 여러 가지 해석도 가능하다.

경제계에서 성공한 사람은 만년이 되면 교육의 중요성을 자주 강조하고, 심지어는 자기가 직접 학교를 세우기도 한다. 온갖 일을 해도 마지막에는 아무것도 소유할 수 없고 다만 후세에게 전달할 뿐이라는 깨달음을 얻기 때문이다. 그와 같은 깨달음을 얻은 사람은 기업의 소임을 진지하게 고민한 사람이다.

사람이 소유하는 데는 한계가 있고, 그 한계에는 정도가 있다. 다음 이야기는 그러한 소유에 관한 성찰로 삼을 만하다.

초(楚) 나라 사람이 활을 놓쳤는데 굳이 찾지 않고 이렇게 말했다.

"초 나라 사람이 떨어뜨린 활을 초 나라 사람이 손에 넣으면 찾을 필요가 없다."

공자가 그 이야기를 듣고 말했다.

"초(楚)를 생략하고 '사람이 떨어뜨린 활을 사람이 주우면' 이라고 말했으면 좋았을 텐데."

노자가 이 말을 듣고 말했다.

"사람을 빼면 좀 더 좋았을 것을."

노자는 천지는 물건을 만들어내면서도 사유하지 않는다고 주장한다. 사람들이 많은 이익을 얻으면서 그 이익이 어디에서 온 것인가 생각하지 않을 정도로 풍족하게 살 정도가 되면 비로소 좋은 정치가 행해졌다고 할 수 있다는 말을 하고 싶었던 것이 틀림없다.

　참된 지도자는 천지와 같아야 한다고 하면 너무 높은 경지를 요구하는 것일까.

先從隗始

『전국책(戰國策)』

먼저 외부터 시작하라

전국 시대 때 연(燕) 나라 소왕(昭王)이 즉위했을 당시는 나라 전체가 마치 파산한 회사와 같은 상황이어서 왕은 재건에 모든 힘을 쏟아야 했다.

덧붙여 오늘날의 기업으로 비유하자면 연 나라는 '중기업' 정도여서 항상 대기업과 같은 제국에게 억울한 일을 당하는 처지였다. 또한 지금이나 옛날이나 중소기업은 인재난에 시달린다. 소왕은 나라를 재건하는 데 필요한 인재를 등용하기 위해 하사품을 내리기도 하고 예를 갖추어 찾아다녔지만 허사였다.

그러던 어느 날 곽외라는 총명한 인물을 만나게 되었다. 그는 왕의 말을 듣고 유명한 이야기를 예로 들어 인재를 모으는 방법을 설명했다.

옛날에 어떤 왕이 하루에 천 리를 달리는 명마를 구하고 있었다. 왕의 명령을 받은 사람이 천리마를 구했을 때 말은 이미 죽어 있었으나 그래도 그자는 천리마 값으로 5백금을 지불했다.

이 말을 들은 왕은 '내가 바란 것은 죽은 말이 아니라 산 말이다' 하고 호통을 쳤다. 그러자 그는 이렇게 대답했다.

"사람들이 죽은 천리마도 5백금이나 지불했는데 살아 있는 말이라면 '얼마나 비싼 값을 줄 것인가' 하고 생각할 것이므로 반드시 천리마를 가진 자가 찾아올 것입니다."

과연 그의 말대로 1년도 채 안 되어 천리마가 세 마리나 들어왔다고 한다.

"지금 왕께서 진정한 인재를 찾으신다면 먼저 외(隗), 즉 저부터 등용하십시오. 그러면 저보다 뛰어나다고 생각하는 많은 인재들이 몰려들 것입니다."

이 말을 듣고 소왕이 곽외를 위해 궁전을 세우고 스승으로 우대하자 많은 인재들이 앞 다투어 몰려들기 시작했다. 요즘 시대로 말하면 홍보 효과를 노렸다고 생각하면 된다. 이 홍보는 정말로 큰 효과를 발휘하여 뛰어난 인물들이 연 나라로 속속 몰려들었다. 이들의 도움으로 연은 28년 후에 대국으로 발전할 수 있었고 경쟁국을 무너뜨렸다.

이는 기업의 이미지 만들기와 실적의 연관성을 가르쳐 줌과 동시에 인재 유출은 나라나 기업에 위기를 초래한다는 경고도 하고 있다. 두뇌 노동자는 급료가 높고 낮음에 따라 일하는 것이 아니라 자신이 원하는 노동 환경에서 일하길 바란다. 각 기업의 경영자는 이 점에 유의해야 할 것이다. 보통 다음과 같이 경영자에 대한 평가를 내릴 수 있다.

직원보다 솔선해서 행동하고 직원이 휴식하기 전에 쉬는 법이 없으며 아랫사람의 말을 잘 경청하는 경영자는 뛰어나기는 하지만 최고라고 할 수 없다.

직원과 같이 일하고 같이 쉬는 사람은 그럭저럭 좋은 경영자이나 직원이 일하고 있는데 혼자 쉬면서 이것저것 지시만 하는 사람은 좋은 경영자가 아니다. 가장 낮은 등급의 경영자는 직원을 혹사시키는 일밖에 모르는 사람이다. 그렇다면 최고의 경영자는 바로 스승을 모시고 확실한 가르침을 구하는 자세를 보이는 사람이다.

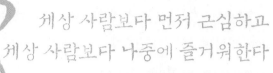

세상 사람보다 먼저 근심하고
세상 사람보다 나중에 즐거워한다

先天下之憂而憂 後天下之樂而樂
『문장궤범(文章軌範)』

　공무에 관계된 일을 하는 사람은 '염(廉)'이라는 글자를 명심
해야 한다. 이는 욕심을 가지지 않는다는 뜻으로 자신을 엄격하
게 통제하지 않으면 '염'이라는 글자에서 멀어지기 쉽다.

　송 왕조의 명신이었던 범중엄(范仲淹)은 청렴함으로 후세 사
람들에게 강한 교훈을 남긴 인물이다.

　『송명신언행록』에는 범중엄에 대한 여러 일화가 전해지는데
그중 다음과 같은 이야기가 있다.

범중엄이 은근히 은퇴할 의사를 내비치자 자식들이 낙양(洛陽)에 거처를 정하도록 권했다. 그는 다음과 같이 말했다.

"도의(道義)를 행하는 즐거움이 있는 한 나는 어디에 있어도 상관이 없다. 하물며 건물을 짓는 것은 당치도 않다. 집이 생겨도 내가 이미 예순을 넘겼으니 거기에서 얼마나 살 수 있겠는가. 그보다 나는 지위가 너무 높아져 은퇴하기 어려울까 봐 걱정스러울 뿐이다."

『근사록(近思錄)』에서 '사람은 관리가 되어 익숙해지면 뜻(志)을 잃는다'라고 했지만 범중엄은 항상 높고 큰 의지를 잃지 않았다.

『문장궤범』 중 특히 범중엄의 「악양루기(岳陽樓記)」에는 명구가 많다. 문장 하나하나가 읽는 사람의 가슴을 치고 마음에 스며들어 감동을 준다. 범중엄은 마음뿐 아니라 혼을 바쳐 일한 인물로 그의 뛰어난 인격은 보통 사람에게 많은 가르침을 준다.

「악양루기」에서 두세 구절을 소개해 본다.

"물질로 인해 기뻐하지 말고 자기로 인해 슬퍼하지 마라."
不以物喜 不以己悲

물욕과 사사를 버리면 부귀영달에도 기쁘지 않고 나쁜 일이 생겨도 슬프지 않다는 뜻이다. 이는 공적인 일에 몸과 마음을 다한 사람이 아니면 할 수 없는 말이다.

"조정의 높은 곳에 있으면 백성들을 걱정하고, 강호의 먼 곳에 있으면 임금을 걱정한다."
居廟堂之高 則憂其民 處江湖之遠 則憂其君

어디에 있어도 근심이 그치지 않는다니 인애(仁愛)가 두텁기 그지없다.

"세상 사람들보다 먼저 근심하고 세상 사람들보다 나중에 즐거워한다."
先天下之憂而憂 後天下之樂而樂

다른 사람보다 먼저 근심하는 자가 천하 만민이 기뻐하는 소리를 듣고 그제야 안심하며 혼자 안도의 미소를 짓는다는 말이다. 이것이 참된 지도자의 모습이라 할 수 있다.

다른 사람이 꺼리는 사람은
모두 안이 넉넉하지 못한 탓이다

避嫌者 皆內不足也
『근사록(近思錄)』

'혐(嫌)'은 다른 사람이 자신을 꺼려하거나 자기가 난처함을 뜻한다. 위 구절은 주자의 『근사록』에 나온 말로 다른 사람이 꺼리고 피하려는 사람은 마음의 수양이 부족하기 때문이라는 뜻이다. 덧붙이자면 『근사록(近思錄)』이라는 책 이름은 『논어』에 있는 다음과 같은 말에서 유래됐다.

"절실한 문제 의식을 가지고 가까운 일부터 생각하라 切問近思. 그러면 뛰어난 인격이 저절로 생길 것이다."

지도자의 조건 중에 인기는 결정적인 것이 되지 못하고 다른 사람에게 존경받는가 하는 점이 가장 중요하다. 프로 야구의 인기 선수가 모두 명감독이 되지 못한다는 사실에서도 알 수 있다. 야구 이론에 정통하다고 해도 기껏해야 코치를 할 수 있을 정도이다.

경제계에서도 마찬가지여서 경제나 경영의 이론가는 기껏해야 경영자의 보조 역할을 맡을 뿐이고 수완이 좋다거나 거래에 뛰어나다는 평가를 듣는 사람은 어디에서든 깊은 원한을 사고 있다고 생각하면 맞다.

참된 지도자는 자기 회사 사람에게는 물론이고 다른 회사의 경영자에게도 존경받는다. 그러나 부드럽기만 한 사람은 아랫사람에게 무시당하고 무섭기만 한 사람은 아랫사람이 좀처럼 가까이 오지 못한다. 둘 다 인간관계에서 적당한 거리를 유지하지 못하고 있는 것으로 너무 가깝거나 멀어도 일을 하는 데 지장을 초래한다. 다른 사람과 적절한 거리를 유지하는 것은 일뿐만 아니라 사회생활을 영위하는 데도 중요하다.

바람직한 지도자는 관용과 위엄을 겸비한 사람이다. 단순하게 말하면 관용과 위엄은 결국 '허용한다' 와 '허용하지 않는다' 라는 두 가지 결정으로 집약되어 표현된다. 사실 '허용한다' 와 '허용하지 않는다' 는 말은 둘 다 하기 어렵다. 특히 '허용하지 않는다' 는 결정은 다른 사람에게 원망을 사거나 피해를 줄 우려가 있다. 그렇다고 일단 내린 결정을 번복하면 다른 사람에게 불신감을 심어주게 된다.

특히 자신의 좋은 면만을 보여주려는 사람은 자기에게 유리한 상황을 선택하거나 만들려고 하기 때문에 불확실한 결정을 내리게 된다. 이러한 일이 축적되면 결국 스스로 일관성을 무너뜨려 다른 사람에게 신뢰를 잃는다.

배를 좋아하는 사람은 물에 빠지고,
말을 좋아하는 사람은 말에서 떨어진다.

好船者溺 好騎者墮
『월절서(越絕書)』

'와신상담(臥薪嘗膽)'이라는 고사성어가 있다. 중국 고사성어로 복수를 하기 위해 오랜 시간 섶에 눕고 쓸개를 핥았다는 뜻이다. '와신(臥薪)'한 왕과 '상담(嘗膽)'한 왕 두 사람 모두 대단한 사람이다. 여기에서 '와신상담'의 유래가 된 이야기를 소개해 본다.

춘추 시대 말 월(越)과 오(吳) 나라가 부쩍 성장했다. 그런데 두 나라는 견원지간으로 월 나라와 싸워 크게 패한 오왕(吳王)

합려(闔閭)가 적의 화살에 부상을 당해 목숨을 잃었다. 임종 때 합려는 태자인 부차(夫差)에게 반드시 구천(勾踐)을 쳐서 원수를 갚으라고 유언했다. 오왕이 된 부차는 부왕의 유언을 잊지 않으려고 섶 위에서 잠을 잤다. 이것이 '와신(臥薪)'이다.

밤낮 없이 복수를 맹세한 부차는 은밀히 군사를 훈련시키면서 때가 오기만을 기다렸다. 이 사실을 안 월왕 구천은 선제공격을 감행했지만 결국 오 나라 군사에 대패하였다. 오 나라 군사의 포위에 진퇴양난에 빠진 구천은 가까스로 목숨을 구했다.

그는 오 나라의 속령(屬領)이 된 고국으로 돌아온 후 항상 곁에다 쓸개를 놔두고 앉으나 서나 그 쓴맛을 맛보며 치욕을 상기했다. 이것이 '상담(嘗膽)'이다.

이러한 복수의 이야기는 유교와 기독교 문화권에도 존재한다. 오왕에 관한 다른 이야기가 있다.

어느 날 기묘한 꿈을 꾼 오왕 부차는 측근에게 그 내용을 말했다. 이에 공손성(公孫聖)이 그 꿈을 부차의 죽음을 예언하는 전조로 보며 이렇게 말했다.

"배를 좋아하는 사람은 물에 빠지고, 말을 좋아하는 사람은 말에서 떨어진다."

好船者溺 好騎者墮

즉, '사람은 취미 삼아 하는 일로 망한다'는 뜻으로 오왕 부차는 전쟁을 좋아하므로 그 때문에 죽을 것이라는 경고였다.

사람은 자기가 자신있는 부분에서 오히려 크게 실패한다. 일단 사업이 성공을 거두고 모든 일이 순조로워지면 그동안 와신상담한 과정을 잊어버리고 교만해져 방심한다.

오왕 부차를 패하게 하고 오 나라를 손에 넣은 월왕 구천도 방심했다. 월의 한 대신은 구천에 대해 '고난을 함께할 수는 있지만 즐거움을 같이 나누지는 못하는 사람'이라고 혹평했다.

지금 사업이 순조롭게 진행되더라도 지도자는 초심으로 돌아가 상황을 다시 돌아봐야 할 것이다.

확신없이 사업을 시행하면
완성하지 못하고,
일을 의심하면
성공하지 못한다

疑行無成 疑事無功
『상자(商子)』

『상자(商子)』는 『상군서(商君書)』라고도 하는데 전국 시대 초반에 진(秦) 나라에서 대 개혁을 실시해 천하 통일의 기초를 닦은 상앙(商鞅)의 사상을 집대성한 책이다.

개혁이 실시되기 전 진 나라는 지금의 기업에 비유하면 규모는 대기업의 중간 정도지만 운영 방법은 전근대적인 기업이라고 할 수 있다.

운영 방식이 낡은 기업에는 으레 완고한 이사가 존재하듯 상앙이 개혁안을 내자 중신들의 극심한 반발에 부딪쳤다. 그러나 그는 진은 다른 나라와 달리 귀족이 힘이 강하지 않았으므로 군주인 효공(孝公)만 잘 설득하면 개혁을 단행할 수 있을 것이라고 생각했다. 그래서 상앙은 효공에게 이렇게 말하면서 개혁의 시행을 종용했다.

"확신없이 사업을 시행하면 완성하지 못하고, 일을 의심하면 성공하지 못합니다 疑行無成 疑事無功. 큰 공을 세운 자는 대중에게 모반당하지 않습니다."

이는 큰일을 시작하는 사람은 확신을 가지고 일을 추진해야 한다는 말이다. 지도자가 가부의 판단을 주저하거나 결정권을 다른 사람에게 미루고 애매하게 처신하면 나쁜 결과를 초래한다. 이 말을 기업에 적용하면 사장이 잘못된 예측을 내려 일이 실패하면 그 책임은 아랫사람에게 넘어오게 되어 있고, 성공하면 그 공적은 사장에게 다 돌아간다는 뜻으로도 볼 수 있다.

"나라는 한 사람 때문에 흥하고 한 사람 때문에 망한다."

이는 『문장궤범』에 있는 말인데 이와 마찬가지로 기업도 사장하기 나름이다. 뛰어난 사장을 둔 기업은 크게 성공하고, 그렇지 못한 회사는 결국 망한다.

그러면 뛰어난 사장과 그렇지 못한 사장의 지능 지수를 비교해 보면 어떨까. 전자는 높고 후자는 낮을까? 그렇지 않다.

『한비자』는 다음과 같이 말한다.

"군주는 현명하지 않아도 현인에게 명령을 하고, 무지해도 지식인의 기둥이 될 수 있다. 신하는 일의 수고를 더하고, 군주는 일의 성공을 칭찬하면 된다. 그 일만으로도 군주는 지혜롭다는 평가를 받을 수 있다."

정말로 옳은 말이 아닌가.

뛰어난 지도자의 조건은 얼마나 사람을 잘 활용하는가에 달려 있다. 아주 단순하게 말하면 지도자가 하는 일은 '예스'나 '노'라고 하는 두 가지밖에 없다. 다만 결단을 내린 후에 그 결정에 대해 의구심을 품느냐 품지 않느냐가 성패의 갈림길이 된다.

난에 임해서
갑자기 병사를 훈련시킨다

臨難而遽鑄兵
『안자춘추(晏子春秋)』

　기업은 언제, 어떠한 기회가 올지 모르기 때문에 항상 전투 태세를 취하고 있어야 한다. 큰 기회를 놓치면 당장 내일이라도 다른 기업에게 자리를 내놓을 수 있다는 사실을 명심해야 한다.

　『회남자(淮南子)』에서는 '심(心)', '술(術)', '도(道)'를 터득해야 사업에 성공할 수 있다고 말한다.

　'심(心)'은 사물의 원리를 알고, 체제를 관리할 수 있다는 뜻이다. '술(術)'은 작은 손해나 사건이라도 얕보지 않고 대강을 파악하면서도 세부를 간과하지 않는 것을 말한다. '도(道)'는 방법을 말하는데 'why(이유)'에 대해 고민한 다음에 'how to(방법)'을 정해서 'future(미래)'를 확실히 내다봐야 한다는 것이다.

이상의 중요한 세 가지에 한 가지를 덧붙이자면 '여유'가 있다. 이는 예측할 수 없는 사태가 생겼을 때를 대비한 '보험'을 의미한다. 위험하다고 생각했을 때 갑자기 브레이크를 밟으면 순식간에 자동차가 뒤집힐 수도 있다. 이와 마찬가지로 기업에서도 쓸모없는 낭비처럼 생각될지도 모르지만 예상치 못한 상태를 대비해야 한다. 그렇지 않으면 위기가 닥쳤을 때 극심한 손해를 입을 수 있다.

개인 차원에서 여유는 유머라고 할 수 있다. 유머는 사고의 윤활유이자 아이디어를 만들어내고, 인맥을 넓히는 한편 최악의 사태에 닥쳤을 때 헤쳐 갈 수 있는 힘을 주기도 한다.

『안자춘추』는 춘추 시대, 제(齊)의 명재상이었던 안영(晏嬰)의 언행록이다. 제 나라에는 관중, 안영 등 뛰어난 재상이 많았다.

하루는 옆 나라 노(魯)의 군주인 소공(昭公)이 신하들과의 싸움에 패해 제 나라로 망명했다. 제의 군주인 경공(景公)은 소공과 이야기를 하면서 그의 유창한 입담에 감탄해 소공을 노로 돌려보내면 다시 명군이 될 것이라면서 추켜세웠다. 그러자 안영은 다음과 같이 말하면서 소공을 은근히 비난했다.

"물에 빠진 사람은 다른 사람에게 물길을 물어보지 않았기 때문이고, 길을 잃은 사람은 다른 사람에게 길을 묻지 않았기 때문입니다. 그러한 사람은 물에 빠지거나 길을 잃고 나서야 사람에게 묻습니다."

안영은 또 다음과 같은 비유를 들었다.

"이는 난에 임해서 갑자기 병사를 훈련시키고, 목이 마르자 급하게 우물을 파는 것과 같습니다."

그는 여러 사태에 미리 준비를 하지 않은 소공이 지도자로서 자격이 없다고 꼬집어 말한 것이다.

　당(唐) 태종(太宗)은 신화와 전설 속의 왕을 제외하고, 중국에서 다섯 손가락 안에 드는 명군이다. 무엇보다 창업 공신을 세운 사람 중에 한 명도 죽이지 않은 점이 뛰어나다. 그 점에서 명(明) 왕조를 연 홍무제(洪武帝)와는 차이가 많다.

　태종은 글이 뛰어났는데 특히 '서성(書聖)'이라고 찬사받는 왕희지(王羲之)의 책을 좋아했다. 태종의 작품 중에 '온천명(溫泉銘)'이라는 탁본 도판을 보면 '구름 위에서 쓴 글자와 같다'는 탄식이 나올 정도로 규모 면에서 보는 이를 압도한다. 아직

보지 못한 분들은 서도의 기본을 감상한다는 기분으로라도 보기를 권한다. 이 도판을 보는 것만으로 태종이라는 황제의 면모를 느낄 수 있을 것이다.

하루는 태종이 그의 측근에게 다음과 같이 물었다.

"제왕의 사업에서 창업과 수성 중 무엇이 어려운가."

재상인 방현령(房玄齡)이 대답했다.

"생명을 걸고 난세를 바로잡는 창업이 어렵습니다."

그러자 중신인 위징(魏徵)은 이렇게 대답했다.

"제왕은 일단 어느 정도의 지위를 얻으면 앞으로 나갈 곳을 잃습니다. 백성은 전란으로 피로가 쌓여 있는 상태이므로 왕의 사업을 위해 노역할 여력이 없습니다. 나라가 쇠퇴하는 것은 실은 이런 이유에서입니다. 그러므로 수문이 어렵습니다."

'수문(守文)'은 수성(水成), 즉 완성한 사업을 손실없이 지키는 일을 의미한다. 위징의 말은 '사업을 무난하게 지키는 것이 창업보다 더 어렵다'는 말로 『정관정요』에 나오는 이야기다.

태종은 이러한 두 사람의 의견을 듣고 일단 방현령이 천하를 평정하는 데 생명을 걸고 애쓴 일을 위로했다. 그러나 그런 힘든 시기는 이미 지나갔으므로 위징이 말한 것처럼 앞으로는 수성을 하는 데 힘쓰며 노력해 가자고 말했다.

이처럼 태종은 위징의 손을 들어주면서도 방현령에 대한 배려도 잊지 않은 것이다. 이만한 배려를 할 수 있는 지도자는 드물다.

창업자가 열심히 노력한 끝에 사업이 자리를 잡았다고 하자. 여기까지의 과정에서 사업의 진행은 이익을 의미하고, 반대로 정지는 손해를 의미한다.

사업이 일단 자리를 잡고 나면 기업은 활력이 떨어져 지금까지 성장해 온 이윤 폭이 크게 떨어지고 그에 비해 비용은 많아진다. 이처럼 '수성'의 어려움은 이익을 창조하기보다 손해를 배제한다는 점에 있다.

기업은 이익을 창조하려고 만든 조직이다. 이익을 보증하지 못하는 기업에는 사람이 모여들지 않는다. 특히 기업을 창업자에게 물려받은 경영자는 손해를 줄이고, 이익을 추구할 가장 효율적인 방법을 찾음과 동시에 이익 배분도 고민해야 한다.

조심스러운 이야기지만 기업은 이익의 대부분을 미래의 불확실함으로 던지는 것이 숙명이고, 그것이 바로 건전한 기업의 존재 가치다.

'국가나 기업은 시대의 흐름에 따라 떠다니는 배'라고 인식해야 한다. 사람은 배 안에서 생활을 영위하고 있는 것과 같다. 극단적인 개혁은 배를 너무 빨리 가게하고, 극단적인 보수는 배를 멈추고 흐름에 거스르는 것과 같으며 배 안에서 사람들이 싸우면 배가 흔들린다. 지도자의 역할은 적당한 속도를 정해 안전한 운행을 하도록 하는 것이다.

기동할 때는 바람처럼

고요할 때는 숲처럼

치고 빼앗을 때는 불처럼

움직이지 않을 때는 산처럼

숨을 때는 어둠 속에 잠긴 것처럼

움직일 때는 벼락처럼 하라.

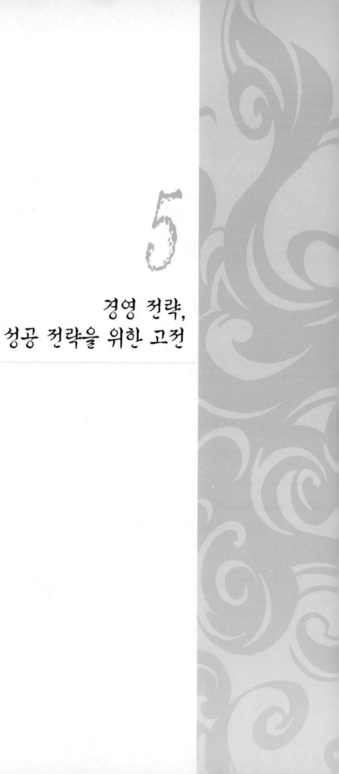

5

경영 전략,
성공 전략을 위한 고전

바람 처럼 빠르게.
其疾如風 『손자(孫子)』

사리에 치우쳐 본질을 잃다.
見得而忘其形 『장자(莊子)』

백마는 말이 아니다.
白馬非馬 『공손룡자(公孫龍子)』

그침을 안 이후에야 정할 수 있다.
知止而后有定 『대학(大學)』

천하에 큰 공을 세우려는 자는
먼저 가정부터 다스려야 한다.
建大功於天下者 必先脩於閨門之內 『신어(新語)』

제 몸을 버리고 뜻있는 일을 할 때는
그 일에 의심을 품지 말라.
舍己 毋處其疑 『채근담(菜根譚)』

군에서는 사소한 계략에 귀를 내주면 안 되고,
전쟁에 임할 때는 작은 이익에 휘둘려서는 안 된다.
軍無小聽 戰無小利 『사마법(司馬法)』

때가 가장 중요하고, 계획은 그 다음이다.
大者時也 小者計也 『관자(管子)』

이긴다는 확실한 예상이 서지 않는 한
전쟁을 말하지 마라.
戰不必勝 不可以言戰 『위료자(尉繚子)』

전쟁에서 이기기는 쉽고, 승리를 지키기는 어렵다.
戰勝易 守勝難 『오자(吳子)』

其疾如風

『손자(孫子)』

'질(疾)'은 원래 '병(病)'이라는 뜻으로 쓰이는데 그중에서도 화살을 맞아 생긴 상처를 말한다. '질(疾)'이라는 글자를 들여다보면 화살 시(矢) 자가 숨어 있다.

이 글자가 어떻게 '빠르다'는 의미가 되었는지 연유는 잘 모르지만 위급한 병에 걸렸다는 의미에서 빠르다는 의미가 나오지 않았을까 추측해 볼 따름이다.

『손자』는 고금을 불문하고 많은 이에게서 사랑받고 있는 고전이다.

서점에 가면 『손자』는 중국 고전이라기보다 경영서라고 할 정도로 경영과 관계된 코너에 진열되어 있다. 이는 『손자』의 지혜를 비즈니스에 유용하게 활용할 수 있기 때문이다.

전쟁을 할 때 공격해야 할 지점에서는 공격해야 하고, 후퇴해야 할 지점에서는 후퇴해야 한다. 이러한 호흡이 현대의 경영 전략에도 많이 들어맞는다. 단언하건대 동서양을 불문하고 『손자』를 능가하는 병법서는 없다.

19세기 초엽에 클라우제비츠(Karl von Clausewitz)가 쓴 『전쟁론』은 일종의 철학서로 너무 구체적이어서 『손자』의 간결함에서 오는 강한 자극에 미치지 못한다. 그러나 만약 군사 전문가가 아닌 사람이 각각 『손자』와 『전쟁론』을 손에 들고 전쟁을 지휘한다면 아마도 『손자』 쪽 군대가 패할 것이다. 책의 내용이 추상적이어서 실제 전투에 응용하기는 쉽지 않기 때문이다.

이렇게 볼 때 『손자』는 전문가가 좋아할 만한 고전이라고 할 수 있다. 따라서 풍파에 단련된 사람들은 손자가 말하는 개념을 잘 활용할 수 있지만 사회에 발을 들인 지 얼마 안 되는 애송이들은 '알 듯 말 듯하다'는 느낌을 받는 선에서 더 이상 나아가지 못할 것이다.

보통 '공격은 최대의 방어다'라고 하는데 앞서 든 클라우제비

츠의 『전쟁론』에서는 '방어는 공격보다 강력한 전쟁 수행 형태이다'라고 말한다. 젊은 사람뿐 아니라 대다수의 사람은 이를 말 그대로 받아들이기 쉽다.

클라우제비츠는 전쟁의 기원을 철학적으로 사유해 보면 전쟁의 본래 개념은 공격에서 연원한 것이 아니라 방어에서 연원한다고 주장한다. 공격의 궁극적인 목적은 싸움보다 점유이기 때문이다. 그의 이론은 광대한 유럽에서 전개되는 전쟁 양상을 바탕에 두고 생각하면 타당하다.

물론 중국도 광대한 영토를 자랑하지만 『손자』가 씌어진 전국 시대에는 칠웅(七雄)이라는 일곱 개 나라, 즉 제(齊), 초(楚), 진(秦), 연(燕), 한(韓), 위(魏), 조(趙)로 나뉘어 있었다. 그리고 그 이전에도 대국인 진(晋), 초(楚), 진(秦), 정(鄭), 위(衛), 송(宋), 노(魯), 제(齊), 연(燕), 오(吳), 월(越)과 그 외에 이민족의 집단을 포함한 소국이 산재해 있었기 때문에 전투할 때는 규모의 한계가 있었다. 좁은 땅에 사는 우리에게는 당연히 『전쟁론』보다 『손자』의 개념이 잘 들어맞는다.

"바람처럼 빠르게."

其疾如風

시원한 어감을 주는 이 구절은 『손자』의 '군쟁편(軍爭篇)'에 실려 있다. 군쟁(軍爭)이란 기선을 제압한다는 뜻이다.

삼국 시대의 영웅인 조조는 독서를 좋아하고, 그중에서도 특히 병법을 좋아해서 『손자』를 매우 아껴 본문에 주석까지 달았다. 조조는 이 구절에 '적의 공허(空虛)를 뚫어라'는 주석을 달았는데 이는 '적의 의표를 꿰뚫는다'는 의미다.

손자는 전쟁이 적을 속이는 것을 시작으로 유리한 곳을 좇아 움직이며 분산과 집합을 반복하면서 변화를 주는 것이라고 정의 내린다.

『손자』에서는 전쟁에서 승리하려면 군대가 어떻게 움직여야 하는지 비유로 표현한다. 원문을 인용해 본다.

기동할 때는 바람처럼
고요할 때는 숲처럼
치고 빼앗을 때는 불처럼
움직이지 않을 때는 산처럼
숨을 때는 어둠 속에 잠긴 것처럼
움직일 때는 벼락처럼 하라.

其疾如風
其徐如林
侵掠如火
不動如山
難知如陰
動如雷震

'임(林)' 과 '음(陰)' 은 같은 음운이다.

『손자』는 전쟁에서 가장 중요한 점을 들어 '오사(五事)' 라고 부른다. 이를 기업 전략에 비유하면 다음과 같다.

첫째, '도(道)' 는 사람의 조화를 의미하는데 단결력이나 직원들의 일체감이라고 할 수도 있다.

둘째, '천(天)' 은 기업이 전략을 개시하는 절호의 시기를 의미한다.

셋째, '지(地)' 는 기업 환경이라고 할 수도 있고, 정세나 예측을 말하기도 한다.

넷째, '장(將)' 은 기업 전략을 지휘하는 경영자의 재능이나 기량을 말한다.

다섯째, '법(法)'은 보통 조직 관리를 말하는데 기업 전략을 실행하기 위한 시스템의 확립을 의미한다.

『손자』는 이상의 다섯 가지 점에서 경쟁 상대보다 뛰어나면 전쟁에서 반드시 이길 것이라고 말한다.

일단 전쟁을 시작한 후에는 지도자의 임기응변이 '오사'를 제치고 가장 중요한 점으로 부각된다.

참으로 이상하게도 한 회사가 어떤 기획을 세우고 은밀히 활동을 시작하면 비슷한 시기에 경쟁사에서도 거의 비슷한 일에 착수한다. 정보가 새지 않더라도 그런 일이 벌어지므로 역시 비즈니스도 전쟁처럼 빠른 쪽이 승리할 확률이 높다.

손자 또한 속도를 강조해서 작업을 빨리하는 것을 '졸속(拙速)'이라고 한다. 오늘날에는 졸속이 부정적인 의미로 쓰이지만 『손자』에서는 긍정적인 의미로 특별한 공을 들이지 않고 기교없이 빨리한다는 뜻으로 쓰인다.

일본의 오오카 쇼헤이(大岡昇平)의 『레이테 전기』에 흥미진진한 구절이 있다. 보통 사람들은 적군을 기습하려고 할 때 적병이 움직이지 않을 것이라고 착각한다는 것이다.

실제로 이런 일이 있었다. 기습 부대를 편성해 정글 속을 이동하고 있는데 동시에 상대 군대도 이쪽을 기습하려고 행동을 개시한 것이다. 두 군대는 정글 속에서 간발의 차로 스쳐 지나갔지만 양쪽 모두 엇갈린 사실조차 눈치 채지 못했다.

좋은 생각이 떠오르면 지금 이 시간 다른 곳에서 자신과 똑같은 생각을 하고 있는 사람이 있다고 생각하고 '바람과 같이' 재빠르게 행동에 옮겨야 한다.

일본공영(日本工營) 사장이었던 구보타 유타카(久保田豊)는 다음과 같이 말했다.

"사업에서는 속도가 가장 중요하다고 생각합니다. 돈이 조금 더 들어도 빨리 완성하는 쪽이 금리와 생산 면에서 훨씬 유리합니다. 때를 놓치는 것만큼 큰 손실은 없습니다."

사리에 치우쳐 본질을 잃다

見得而忘其形
『장자(莊子)』

　　처음 『삼국지연의(三國志演義)』 번역본을 읽었을 때의 감동
은 지금도 생생히 기억할 정도다. 그 후에도 계속 『삼국지연의』
를 곁에 두고 열 번은 읽은 것 같다. 특히 이야기의 초반 장각(張
角)이 등장하는 장면이 있는데 상당히 신선했던 기억이 있다.
　　장각이 산속에서 약초를 찾고 있을 때 한 노인이 나타났다. 노
인은 장각을 동굴로 부르더니 어떤 책을 주었다. 장각은 그 책을
열심히 탐독해서 바람을 부르고 비를 뿌릴 수 있는 힘을 얻었다.
　　그 노인은 '남화노선(南華老仙)'이라고 한다. 번역본의 주에

는 남화노선이 다름 아닌 장자를 의미한다고 하는데 그때부터 나는 장자에게 흥미를 느끼기 시작했다.

『노자』와 『장자』는 사고방식에 공통점이 많아 한데 모아 '노장 사상'이라고 부른다. 이 사상은 우리에게 '자연의 리듬으로 살아가라' 또는 '자연을 배워라'는 가르침을 준다. 노장 사상은 공자의 사상과는 근본적으로 차이가 있다.

공자의 사상을 비롯한 유교의 논리를 조금 살펴보면 사람은 사회 속에서 살아가므로 사회의 리듬에 맞추며 살아가야 한다는 전제를 바탕으로 사회에서 살아가는 데 필요한 요령이나 가치를 전하고 있다. 이에 비해 노장 사상은 엄격한 경쟁 사회 속에서 살아가는 요령에는 별 관심이 없지만 오히려 그런 점에서 발상의 전환이 필요할 때 훌륭한 암시를 던져 주기도 한다.

일찍이 노벨 물리학상을 받은 일본의 유카와 히데키(湯川秀樹) 박사는 물리학 교실 학생에게 이렇게 말했다고 한다.

"물리학에만 집중하다 보면 어느 순간에는 막히고 말 것이다. 그때 『장자』를 읽으면 도움이 될 것이다."

유카와 박사는 실제로 『장자』를 좋아했고, 그중에서도 '지어락(知魚樂)'이라는 구절을 즐겨 썼다고 한다. '지어락'은 '물고기의 즐거움을 안다'는 뜻으로 『장자』의 '추수편(秋水篇)'에 나온 문답에서 인용한 말이다.

하루는 장자가 송(宋)의 재상인 혜자(惠子)와 같이 산보를 했다. 장자는 다리 위에 서서 아래를 내려다보며 이렇게 말했다.

"나는 물고기의 즐거움을 압니다[知魚樂]."

그러자 혜자가 반박했다.

"당신이 물고기가 아닌데 어떻게 물고기의 즐거움을 압니까."

장자는 이렇게 대답했다.

"당신의 그 질문은 이미 내가 물고기의 즐거움을 안다는 사실을 바탕으로 한 의견에 불과합니다. 그러므로 나는 물고기의 즐거움을 아는 것입니다."

이를 실제 경영에 비유하자면 경영 이론에 집착한 나머지 경영에 실패하는 것과 같고, 회의에서 진행되었어야 할 기획이 전혀 진행되지 않아 회의를 위한 회의로 끝난 것에 비유할 수도 있다. 물고기의 즐거움을 알지 못하는 경영자는 기업의 책임자로서 실격이다.

특히 대규모 기업 전략을 진행할 때 방심은 금물이다. 다른 기업이 이쪽 발 밑을 호시탐탐 노리고 있다는 사실을 잊으면 안 된다.

"사리에 치우쳐 본질을 잃다."

見得而忘其形

  '목표로 하는 것을 눈앞에 두면 자신을 잊어버리고 만다'는
뜻으로 일이 완성되려고 할 때 특히 경계하라는 경고다. 이는
『장자』의 '산목편(山木篇)'에 있는 이야기로 '당랑재후(螳螂在
後)'라고도 한다. '당랑재후(螳螂在後)'에서 '당랑'은 사마귀를
뜻한다.

  장자가 하루는 숲 속을 산보하고 있었다. 기묘한 형태의 까치
가 그의 이마를 스쳐 밤나무 숲에 앉았다. 이에 장자는 까치를
향해 활을 쏠 기회를 엿보고 있었다. 그런데 그때 장자는 오싹한
광경을 목격했다. 사마귀가 나무 그늘에 쉬고 있는 매미를 뒤에
서 금방이라도 잡아먹으려 하는 게 아닌가. 또 자세히 보니 사마
귀의 뒤에는 까치가 있어 사마귀를 잡아먹으려 하고 있었다. 그
리고 자기도 까치를 노리고 있었다.
  장자는 두려워하며 이렇게 말했다.

"아, 만물은 본질적으로 서로 얽혀 있기 때문에 욕심을 가진 자가 있으면 그와 똑같은 생각을 하는 자가 있는 법이구나."

이에 장자가 활을 버리고 돌아나오려는데 밤나무 지키는 사람이 쫓아와 장자가 밤을 훔치러 온 줄 알고 그를 꾸짖었다.

그냥 웃어넘길 이야기가 아니다.

공격할 일에만 의식을 집중하고 있을 때 이 이야기를 떠올려 잠깐이라도 머리를 식힐 수 있는 여유를 가졌으면 한다. 『장자』는 이처럼 발상을 전환할 수 있는 가르침을 주는 유용한 고전이다.

성공한 사람은 일단 자신의 생각을 바탕으로 한 다음에 타인의 지혜를 구한다. 그렇지 않은 상태에서는 타인의 지혜를 얻더라도 실패하기 쉽기 때문이다.

백마는 말이 아니다

白馬非馬
『공손룡자(公孫龍子)』

　'백마설(白馬說)'은 궤변을 숭상하는 것을 말하는데 특히 『공손룡자』의 '백마론'은 유명하다.

　『한비자』에서는 군주가 '백마설'과 같이 실제로 도움이 되지 않는 이치에 사로잡히면 안 된다고 강조한다. 한비자조차 경계한 백마론이 과연 어떤 이론인지 살펴보자.

　백마론은 문답식으로 구성되어 있다.

　"백마가 말이 아닌 것이 사실입니까?"

"그러합니다."

"백마가 말이 아닌 이유는 무엇입니까?"

"만약 '백마는 말이다' 라고 한다면 '말은 황마(黃馬)다' 라고 할 수 있습니까?"

"그렇지 않습니다."

"그렇다면 '말이라고 해서 황마는 아니다' 라고 한다면 황마와 말을 나눈 셈이 됩니다. 황마가 말이 아니라면 백마를 말이라고 하는 것도 이상하지 않습니까? 말(馬)이라는 말(言)에는 색이 없습니다. '백마' 라고 할 때는 색을 포함한 개념입니다. 따라서 백마는 말이 아닙니다."

이 이론대로라면 '양귀비는 미녀가 아니다' 라는 주장에 '그러면 미녀는 모두 양귀비인가?' 라고 반론하면 끝난다.

이는 요즘 시대에 '사기 이론' 정도로 치부될 수도 있는 이론이다. 그러나 공손룡자는 약육강식의 논리가 판치는 전국 시대의 사람이었다. 군주의 한마디에 나라의 존망이 걸려 있으므로 충고하는 자는 모든 수단을 동원해 주군을 돕고 나라를 구해야 했다.

지금도 기업들은 살벌한 전쟁을 치르고 있다. 이 전쟁이 공정한 경쟁이면 다행이지만 그렇지 않다면 약육강식의 전국 시대와 다를 바 없다.

예를 들어 어떤 상품을 아무리 싸게 만들어도 가격을 낮추는 데는 한계가 있다. 그런데 자본이 든든한 회사가 시장의 독점을 노리고 제품을 반값에 내놓는 것은 공정하지 않은 경쟁이다. 앞서 든 '백마론'으로 말하자면 '말'의 시장을 '백마'의 시장으로 만든 것이고, '백마는 말이 아니다'라고 말하는 셈이다.

다음 이야기 또한 『여씨춘추』에 실린 공손룡의 이야기다.

진(秦) 나라와 조(趙) 나라의 대표가 회합해서 군사 동맹을 맺었는데 그 내용은 다음과 같았다.

"나중에 진이 행동에 나서면 조가 돕고, 조가 행동에 나설 때는 진이 돕는다."

머지않아 진이 병사를 일으켜 위(魏) 나라를 공격했는데 조 나라는 맹약을 위반하고 위 나라를 도왔다. 이에 진왕은 불쾌한 마음에 사자를 보내 맹약을 어긴 조왕을 책망했다. 곤란한 조왕이 재상 평원군(平原君)에 도움을 청하자 평원군은 즉답을 피하고 자리에서 일단 물러나서 공손룡자에게 사정을 말했다. 그는 아무 일도 아니라는 듯한 표정을 지으며 다음과 같이 전했다.

"진왕에게 사자를 보내 이렇게 말하도록 하십시오. '우리가 지금 위를 도우려고 하는데 진왕은 왜 우리를 도우려고 하지 않습니까. 맹약을 어긴 것은 바로 진 나라 아닙니까' 라고 말입니다."

그침을 안 이후에야
정할 수 있다

知止而后有定
『대학(大學)』

사서(四書)는 『논어』, 『맹자』, 『대학』, 『중용』을 말하는데 이 책들은 유교의 성경이라고 할 수 있다. 그런데 『대학』을 읽은 사람은 이 책이 과연 『논어』에 필적할 만한 책인지 의아해하기도 한다. 특히 사서 중에서 가장 재미가 떨어진다는 평가를 받는다.

『대학』과 『중용』은 원래 『예기(禮記)』 중의 한편이었는데 분리해서 독립한 것이다. 남송(南宋)의 철학자인 주자(朱子)가 『대학』을 제왕학 중에 제일서로 꼽은 일을 계기로 인정받기 시작했다.

"그침을 안 이후에야 정할 수 있다."

知止而后有定

먼저 이 구절을 나름대로 번역해 보겠다.

"사람은 멈춰야 할 곳을 알면 물(物)이 왜 그곳에 있고, 사(事)가 어째서 생기는가 하는 원리를 얻을 수 있다. 그러면 비로소 사람의 주체성이 생긴다."

그렇다면 사람은 과연 어디에서 멈춰야 할까.

『대학』에서는 멈춰야 할 곳을 한 점으로 좁혀 '지선(至善)'이라고 한다. 주자의 해설에 따르면 '지선은 사리로 보아 지극히 당연한 것'으로 온갖 사물이 자연스러운 형태로 존재하는 것을 말한다. 따라서 '지선에 멈춘다'는 것은 가장 균형 잡힌 지점에 서라는 의미다. 그러면 '지선'에 멈춘 다음에는 어떻게 될까.

"지선의 소재를 알면 뜻이 정해진다."

知之則志有定向

즉, 지선의 경지에 서면 자신의 의지를 확실히 정할 수 있다는 의미다. 다른 말로 하면 지금까지 수동적으로 끌려 다니던 사람이 능동적인 사람이 된다는 뜻이다.

여기에서 수동, 능동의 형태는 조직의 상하 관계와는 관계가 없다. 명령받는 위치에 있더라도 주체성이 있는 사람이 있을 수 있고, 명령을 내리는 위치에 있음에도 주체성이 없는 사람도 있다.

사람이 주체성을 확립한 다음에는 어떻게 될까? 뒤이은 설명은 나누어 정리해 보았다.

첫째, 주체성이 정해지면 경거망동하지 않게 된다.

둘째, 경거망동하지 않으면 어떠한 경우에 처해져도 마음을 안정시킬 수 있다.

셋째, 마음이 안정되면 여유가 생기고 일에 대해 가장 적합한 대처를 할 수 있다.

넷째, 최선의 대처를 할 수 있으면 좋은 성과를 얻는다.

따라서 인생을 살면서 가장 중요한 사실은 '멈출 곳을 아는 것'에 있다.

'멈출 곳을 안다' 는 구절을 보고 나는 문득 일본의 이노우에 테이지로(井上貞治郎)의 생애가 떠올랐다. 이 사람은 그다지 알려져 있지는 않은데 다이쇼(大正) 시대 초엽에 골판지 사업으로 성공한 사람으로 그의 자서전을 처음 읽었을 때 소설로 만들고 싶은 생각이 들 정도였다. 그러나 다 읽고 나서 소설로 만들기는 포기했다.

이 사람의 이력은 '현실은 소설보다 더 기이하다' 는 사실을 전형적으로 보여주고 있다. 그러면 그의 파란만장한 인생을 함께 거슬러 가보자.

이노우에는 효고(兵庫) 현에서 태어났는데 14세 때 오카야마(岡山)의 보험 대리점에서 일하다가 심한 따돌림을 당해 그곳에서 도망쳐 고베(神戶)로 갔다. 그곳 고베의 어느 종이를 만드는 가게에서 일하던 그는 얼마 지나지 않아 그곳에서 도망쳐 갖은 고생 끝에 만주로 건너갔다. 만주로 가기까지 목욕탕 점원, 빵 가게 점원, 양복점, 석탄가게, 여물가게 종업원 등의 직업을 전전했다.

예상과는 달리 만주에서의 삶은 참담한 생활의 연속이었다. 그래서 홍콩으로 건너갔는데 여관에서 무임 숙박을 하다가 영국 영사관으로 쫓겨났다. 영국 정부는 그를 호주로 보내 중노동을 시키려고 했다.

호주에 가면 죽도록 고생하다가 결국 죽을 것이라는 소문을 들은 그는 꾀를 내어 간신히 일본으로 돌아왔다. 돌아오기는 했지만 신발도 살 수 없을 정도로 극빈한 생활이 기다리고 있었다. 여기까지 이노우에는 '멈출 곳을 모르고' 살아온 셈이다.

그런데 문득 '돈을 못 번 것이 아니라 사람을 못 번 것이다' 라는 생각이 들었다. 그는 이 지점에서 자신에 대해 성찰하기 시작한 것이다. 그 후 우연히 골판지 공장에서 일을 하게 되었고 그때부터 이노우에에게 성공의 길이 열렸다. '멈출 곳을 안다' 는 말은 성공하는 시점을 말하기보다 시작점을 의미한다고 할 수 있다.

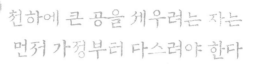

천하에 큰 공을 세우려는 자는
먼저 가정부터 다스려야 한다

建大功於天下者 必先脩於閨門之內
『신어(新語)』

『신어(新語)』는 한(漢)의 육가(陸賈)가 쓴 책인데, 『사기』에는 『신어』가 쓰였을 때의 흥미로운 상황이 소개되어 있다.

육가는 유방(劉邦, 高祖)의 곁에서 『시경』이나 『서경』을 인용하여 고대 제왕의 뛰어난 정치에 대해 설교했다. 그러나 유방은 거북스러운 이야기를 싫어해서 하루는 육가에게 화를 내며 이렇게 말했다.

"나는 말 위에서 천하를 쟁취했다. 『시경』이나 『서경』이 무슨 도움이 되는가?"

육가는 자신있게 다음과 같이 말했다.

"말 위에서 천하를 얻을 수는 있었지만 말 위에서 천하를 다스릴 수는 없습니다. 진(秦) 나라는 형법으로 나라를 다스리다가 자멸했습니다. 진 나라가 천하를 통일한 뒤 만약 인의(仁義)의 정치를 행하고 성왕들을 본받았다면 폐하께서는 천하를 얻으실 수 없었을 것입니다."

육가는 천하를 오래 지키려면 문(文)과 무(武)를 병용해야 할 것을 주장한 것이다.

그 말을 들은 유방은 부끄러워하며 육가에게 진이 천하를 잃은 이유와 옛 제왕의 성공과 실패담을 이야기해 달라고 부탁했고 그렇게 만들어진 것이 바로 『신어』다.

『신어』는 유방을 위한 책이었지만 현대인이 읽어도 묘한 재미를 느낄 수 있다. 이 책은 총 12편으로 한 편씩 만들어지는 대로 왕에게 헌상되었는데 유방은 그때마다 육가의 노고를 치하했다고 한다.

"천하에 큰 공을 세우려는 자는 먼저 가정부터 다스려야 한다."

建大功於天下者 必先脩於閨門之內

'규(閨)'는 궁중에 있는 작은 문으로 침실의 입구라고 생각하면 된다. '규문(閨門)'은 넓은 의미에서는 가정을 말하고, 좁은 의미에서는 부부 관계를 말한다. 따라서 이는 세상에서 큰일을 성공하기 위한 첫 걸음은 가정을 다스리는 일이라는 뜻이다. 가정이 화목하지 못하면 밖에서도 차분히 일할 수 없다.

　근본이 다른 남자와 여자가 정해진 장소에서 같이 먹고 자는 일 자체가 힘든데 더구나 자식은 세대마저 다르다. 그러므로 가정을 다스리려면 인내가 필요한데 그것을 '근(根)'이라고 한다.

　예로부터 전해지는 말에 성공한 사람은 반드시 세 가지를 가지고 있다고 했다. 바로 '운(運)', '근(根)', '둔(鈍)'이다. 이 중 '둔(鈍)'은 재주가 없다는 의미인데 재주가 좋은 사람은 자신의 재주를 믿고 교만함에 빠져 결국 대성하지 못한다는 뜻에서 비롯되었다.

　가정을 잘 다스리지 못하면 큰일을 하지 못하기 때문에 큰 뜻이 있는 남자는 현명하고 정숙한 여성을 아내로 맞아야 한다. 여기에서 『달과 6펜스』에 나오는 대화가 떠오른다.

　"왜 미인은 별볼일없는 남자와 결혼할까?"

　"현명한 남자는 미인과 결혼하지 않기 때문이야."

제갈공명(諸葛孔明)이 아내를 선택한 일화는 흥미진진하다.

제갈공명은 아내를 구했지만 맘에 드는 여자가 없었다. 그때 황승언(黃承彦)이라는 명사가 자기의 딸을 공명에게 권했다. 이 딸은 안색이 검고 머리는 황색인 추녀였지만 공명은 맘에 들어 하며 아내로 삼았다.

주위 사람들은 크게 비웃으며 공명의 여자 보는 안목을 노래로까지 만들어 헐뜯었다. 그러나 그 여자는 남편이 재상으로 발탁되어 능력을 발휘하자 남편이 없는 가정을 실로 훌륭하게 경영해서 공명이 걱정없이 바깥일을 하도록 만들었다고 한다.

『노자』는 다음과 같이 말한다.

"세상에 모든 큰일은 반드시 사소한 일에서 생긴다."

사회에서 크게 성공하는 바탕은 바로 가정에 있다는 뜻이다.

제 몸을 버리고
뜻있는 일을 했을 때는
그 일에 의심을 품지 말라

舍己 毋處其疑
『채근담(菜根譚)』

한번 비즈니스 세계에 뛰어들면 누구나 그 세계에서 성공하고 싶어한다. 다만 요즘 회사원들은 직장에서의 승진만을 바라보기보다 직장 생활을 사업을 위한 과정의 하나로 생각하는 경향이 있다. 독립을 해서 사업을 시작한다는 사실 자체는 대단한 일이지만 성공한 사람은 그 과정에서 인생의 온갖 쓴맛을 봤다는 것을 명심하기 바란다.

어떻게 생각하면 평사원일 때처럼 마음이 편할 때도 없다. 중대한 책임이 따르는 지위에 앉고 나면 다른 사람에게 지시를 받아 움직이는 위치에 있는 것이 얼마나 마음 편한 일인가를 저절로 깨닫게 된다.

처음 사업을 시작할 때는 사람과 돈이 부족해 만나는 사람마다 머리를 굽히고 사정해야 할지도 모른다. '왜 이렇게 어리석은 짓을 시작했을까' 하고 후회할 때도 있을 것이다.

그러나 일을 시작할 때는 누구나 고난을 겪고 좌절하기 마련이며 '이 길을 버리면 무엇을 할 수 있을까' 하고 고민하다 보면 막막한 생각이 들기도 한다.

『맹자』는 이렇게 말한다.

"무엇이든 끝까지 해야 한다. 우물을 팔 때도 물이 나올 때까지 파지 않으면 아무리 깊게 파도 결국 우물을 쓰지 못한다."

증자는 둔하기는 했지만 끈기있게 계속 우물을 파 내려가 결국 수맥에 도달했다는 점에서 뛰어난 인물이다.

"제 몸을 버리고 뜻있는 일을 했을 때는 그 일에 의심을 품지 말라."

舍己 毌處其疑

이는 『채근담』에 나온 말인데 남자다운 기상이 느껴져 마음에
드는 말이다. 자신을 버리고 일단 어떤 일에 뛰어들 때는 '가능
할까? 불가능할까?' 하는 의심을 하면 안 된다는 뜻이다. 계속해
서 다음과 같은 구절로 이어진다.

"의심을 품는다면 자신의 뜻에 부끄러움이 많으리라."
處其疑 即所舍之志 多愧矣

무슨 일이든 용기와 기력을 잃으면 실패하고 망설이면 승기를
놓치고 만다. 일단 결정했으면 전력을 다해 부딪쳐야 한다. 실패
를 두려워해서 힘을 아껴두는 것은 전법으로 봐도 치졸한 방법
이다.
　『예기(禮記)』에서는 '쓰러지고 나서 멈춰라' 라고 말한다. 남
자는 일에 살고, 일에 죽는다. 이것은 남자의 미학이기도 하다.

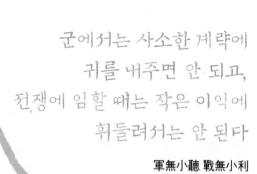

군에서는 사소한 계략에
귀를 내주면 안 되고,
전쟁에 임할 때는 작은 이익에
휘둘려서는 안 된다

軍無小聽 戰無小利
『사마법(司馬法)』

사업에서 즉흥적인 생각을 실행에 옮기는 일만큼 위험한 일은 없다. 그것은 물음표의 일종으로 그 자체를 아이디어라고 할 수는 없다. 특히 사장이 즉흥적인 생각을 실현시키려고 명령하면 책임자는 성과를 빨리 보여주기 위해 서두르기 마련이다. 그러나 실행에 옮기기 전에 사장이 왜 그러한 발상을 하게 되었는가를 분석하는 일이 더 중요하다. 즉흥적인 생각은 해결을 원하지만 성과를 요구하는 것은 아니기 때문이다.

『대대례(大戴禮)』에서는 다음과 같이 말한다.

"사람에 빠지기보다 연못에 빠지는 것이 낫다."

이는 위험한 일임을 알아도 입을 다물고 있어야 하는 상황이라면 차라리 스스로 연못에 뛰어드는 것이 낫다는 뜻이다. 오히려 먼저 뛰어들면 빠져 죽는 일은 피할 수 있다.

다른 사람의 말만 믿고 일을 시작하거나 쉽게 보증을 서면 막심한 손해를 본다. 모든 일을 시작할 때는 스스로 생각하고 실행에 옮겨야 한다. 다만 실행에 옮기기 전에 충분히 시간을 가질 필요가 있다. 시간에는 이상한 힘이 있어 시간의 흐름에 생각을 맡기다 보면 가치를 저절로 알게 되기 때문이다.

"군에서는 사소한 계략에 귀를 내주면 안 되고, 전쟁에 임할 때는 작은 이익에 휘둘려서는 안 된다."

軍無小聽 戰無小利

사소한 계략은 즉흥적인 생각으로 다른 즉흥적인 생각에 저절로 묻힌다. 계획을 세울 때는 여러 의견을 들어봐야 하겠지만 일단 결정한 다음에는 타인의 의견에 신경을 쓰지 않는 것이 좋다.

때가 가장 중요하고,
계획은 그 다음이다

大者時也 小者計也
『관자(管子)』

삼국 시대 촉(蜀) 나라의 명재상이었던 제갈공명(諸葛孔明)은 젊었을 때 '자신의 재능이 관중(管仲)이나 악의(樂毅)에 필적한다'고 큰소리쳤지만 최주평(崔州平)과 서서(徐庶) 외에 아무도 인정해 주지 않았다. 당시에는 그 정도로 관중이나 악의의 명성이 대단했지만 결국 지금은 제갈공명의 이름이 그들의 명성을 웃돌고 있다.

관중은 춘추 시대 사람으로 제(齊) 나라의 명재상이었고, 『관자』는 관중의 사상이 집대성된 책이다. 이 책에는 당시 나라의 지도자가 해야 할 일에 대한 내용이 담겨져 있으며 제갈공명이 유비를 보좌하는 데도 참고했다고 한다.

『관자』에는 병법에 대한 내용도 있다. 예를 들어 전쟁에 임하기 전에 반드시 승리할 수 있는 조건으로 8가지를 들고 있다. 이를 기업 전략에 비유하면 다음과 같다.

첫째, 자본을 크게 하라.

둘째, 기술자를 중시하라.

셋째, 뛰어난 상품을 만들어라.

넷째, 우수한 인재를 뽑아라.

다섯째, 규칙을 엄격하게 하라.

여섯째, 먼저 사원을 교육시켜라.

일곱째, 정보를 넓게 수집하라.

여덟째, 임기응변을 잘하라.

일단 진용을 잘 구축하고 나면 전술은 부분에 지나지 않는다.

"때가 가장 중요하고, 계획은 그 다음이다."

大者時也 小者計也

『관자』에서는 군사를 일으키는 '때'를 가장 중시했고, 마찬가지로 사업을 할 때도 시기가 가장 중요하다. 조류와 바람을 잘 이용하면 돛만 달아도 배는 유유히 앞으로 나아가기 마련이다. 다만 배가 크다고 과신해서 폭풍우 치는 바다로 출항하는 무모함은 피해야 한다. 『관자』에서는 이어서 다음과 같이 말한다.

"왕은 힘을 이용하고, 성인은 유(幼)를 이용한다."
王者乘勢 聖人乘幼

왕은 밀어붙일 만한 충분한 힘이 있으므로 책략을 중요하게 여기지 않지만 성인은 기묘한 승부의 묘수를 통해 싸움을 유리하게 이끈다.

『관자』는 아무리 경쟁이 치열하더라도 그 경쟁이 '예(禮)에 따르고 의(義)에 맞아야 한다'는 주의를 준다. 공정한 경쟁이 되지 못하면 비록 승리하더라도 진정으로 인정받지 못한다.

이긴다는 확실한 예상이
서지 않는 한
전쟁을 말하지 마라

戰不必勝 不可以言戰
『위료자(尉繚子)』

　'기호지세(騎虎之勢)'라는 말은 일단 호랑이 등에 올라타면 도중에 내릴 수가 없어 갈피를 잡지 못하는 상태를 말한다. 『수서(隋書)』에 나온 구절 전체를 인용하면 다음과 같다.

　"일단 호랑이 등에 올라타면 내릴 수 없다."
　騎虎之勢 不得下

　일단 사업에 착수하면 마치 호랑이 등에 탄 것과 같은 상황이 된다. 조직은 사람들이 모여서 만든 것에 지나지 않지만 일단 목적을 가지고 활동하기 시작하면 마치 생명을 가진 생물체처럼 변한다. 조직을 만들 때는 사장이 자신의 의지로 만들었지만 더이상 사장의 의지대로 움직이지 않는 것이다.

"내가 만든 회사인데 왜……."

이렇게 불평해도 소용없다. 원래 조직은 그러하다.

"제비나 참새 같은 것이 어찌 큰 기러기나 고니의 뜻을 알겠는가."

燕雀安知鴻鵠之志哉

이는 『사기(史記)』에 나오는 말로 젊었을 때 자신의 큰 뜻을 이렇게 노래한 진섭(陳涉)은 진의 폭정에 맞서 반란의 선공에 나선 인물이다. 결국 왕조를 세우는 데 성공했지만 진섭 또한 자신이 조직한 무리에 의해 희생되었다. 이 이야기는 조직이 제어할 수 없는 무서운 생명력을 가지게 된 전형적인 사례라고 할 수 있다.

"나아갈 줄만 알고 물러날 줄을 모른다."

知進而不知退

『역경』에 나오는 이 말은 실패는 돌이킬 수 없다는 뜻으로도 볼 수 있다. 기업을 경영할 때도 유리한 상황이 되면 전진하고, 불리하다는 판단이 들면 후퇴해야 한다.

"가능함을 보고 전진하고, 어려움을 알고 후퇴한다."

이러한 『오자(吳子)』의 말을 인생에 적용해서 실천할 수 있는 사람은 사실 대단한 사람이다. 의욕이 넘치는 사람은 어려움을 알면서도 굳이 진전하려고 한다. 기업도 마찬가지여서 상당한 손해를 보기 전에는 철수하기가 힘든 상황이 많으므로 사업에 착수하는 사람이나 기업 전략을 지휘하는 지도자는 '기호지세 (騎虎之勢)' 라는 단어를 항상 염두에 두어야 한다. '어려움을 알고 후퇴하라' 는 이야기는 현실에 적용하기 힘든 점이 있기 때문이다. 어떠한 행동을 하기 전에 항상 그 일의 양면성을 생각해 봐야 한다.

사람 머리 위로 치켜든 손은 머리를 쓰다듬을 수도 있지만 때 릴 수도 있다. 기업이 행동에 나설 때도 지도자는 신중을 기해야 한다. 지도자의 의지와 예측대로 모든 일이 진행되지는 않는다. 확실히 성공하려면 『위료자』에 있는 다음 구절을 따르면 된다.

"이긴다는 확실한 예상이 서지 않는 한 전쟁을 말하지 마라."

싸움은 일단 시작하면 반드시 이겨야 하고, 그러한 확신이 들지 않는다면 시작조차 하지 말아야 한다.

전쟁에서 이기기는 쉽고,
승리를 지키기는 어렵다

戰勝易 守勝難
『오자(吳子)』

『오자』는 전국 시대의 명장 오기(吳起)의 사상이 집대성된 책이다. 오기는 위(衛)에서 태어났지만 노(魯)에서 공부했고 임관해서 큰 공을 세웠지만 중상을 당해 위로 돌아왔다. 장군에 임명된 오기는 다른 나라와 총 일흔여섯 번을 싸웠는데 그중에서 예순네 번은 완승을 거두고, 나머지 열두 번은 비겼다. 즉, 오기는 패한 적이 없는 장군이었다.

그의 군대가 강했던 이유는 간단히 말하면 병사들의 사기가 높았기 때문이다. 오늘날의 기업 전략으로 비유하면 사원의 의

욕이 넘쳐난 것이다. 그만큼 『오자』에서는 사람을 중시하는 면모를 느낄 수 있다. 『오자』에 따르면 지도자는 다음의 네 가지로 조직을 다져야 한다고 주장한다.

첫째, '도(道)'는 사원을 안심하게 해서 신뢰를 얻는 것이다. 그러려면 목적과 방법을 명확히 제시해야 한다.

둘째, '의(義)'는 일을 진행할 때 상식에서 크게 벗어나지 않는 수단을 취하는 것 또한 일에 정당성을 부여함으로써 사원의 마음이 흔들리지 않도록 하는 것이다. 모든 사원이 조직의 목표를 공유하는 일에서 시작한다.

셋째, '예(禮)'는 예의라기보다 규칙을 말하는데 사원을 움직이게 할 때 규칙에서 벗어나면 안 된다. 관리자가 제멋대로 사람을 움직이거나 규칙을 무시하고 강요하는 일은 관리 체제를 무너뜨리는 일이다. 그것은 사원이 규칙을 어겨 벌을 받는 것보다 조직에 훨씬 좋지 않은 영향을 미친다.

넷째, '인(仁)'은 사원에 대한 애정을 강조하는 말이다. 조직이 있고 사람이 있는 것이 아니라 사람이 있고 조직이 있다는 생각을 잊으면 안 된다. 조직을 우선하다 보면 오히려 조직이 활력을 잃게 된다.

『오자』에서는 이 네 가지 덕목을 '사덕(四德)'이라고 한다.

오기는 전투에 나설 때는 사졸과 같은 옷을 입고, 같이 식사를 했으며 행군할 때도 말을 타지 않고 사졸과 함께 고생했다. 병사들과 일체가 된 것이다.

"전쟁에 이기기는 쉽고 승리를 지키기는 어렵다."
戰勝易 守勝難

오기처럼 뛰어난 장군도 '승리를 지키는 것은 어렵다'고 말한다.

기업에도 이 말은 적용되는데 경쟁에서 한 번 이겼다고 기뻐하는 사이에 다른 기업은 이미 다음 수를 노리고 있다는 점을 명심해야 한다.

한 번의 승리에 도취되어 있으면 어렵게 얻은 승리마저 허사가 된다. 한 번 거둔 승리는 대외적인 것에 지나지 않을 뿐 결정적인 성과를 얻은 것은 아니다. 이른바 '명예(名)'는 얻었지만 '실리(實)'는 아직 얻지 못한 상태라고 할 수 있다. 그래도 '명예'를 얻었다는 점에서 다른 기업보다 유리한 고지에 섰다는 의미이므로 그 다음에는 실리를 살려야 한다.

상대를 무너뜨리는 일에만 집중하면 비록 성공하더라도 병폐가 드러나게 되어 있다. 『오자』는 다음과 같이 말한다.

다섯 번 이기면 화가 되고
네 번 이기면 폐가 되고
세 번 이기면 패자가 되고
두 번 이기면 왕이 되고
한 번 이기면 제왕이 된다
五勝者禍
四勝者弊
三勝者覇
二勝者王
一勝者帝

전투에서 많이 이긴다고 해서 천하를 얻지는 못한다. 승승장구하던 오기의 최후도 비극적이었다.